主编 凌翔

方圆之间

江寒雪 著

北京日报出版社

图书在版编目（CIP）数据

方圆之间 / 江寒雪著. —北京：北京日报出版社，2022.1
ISBN 978-7-5477-4208-2

Ⅰ.①方… Ⅱ.①江… Ⅲ.①长篇小说—中国—当代 Ⅳ.①I247.5

中国版本图书馆CIP数据核字(2021)第257542号

方圆之间

出版发行：	北京日报出版社
地　　址：	北京市东城区东单三条8-16号东方广场东配楼四层
邮　　编：	100005
电　　话：	发行部：（010）65255876
	总编室：（010）65252135
印　　刷：	北京军迪印刷有限责任公司
经　　销：	各地新华书店
版　　次：	2022年1月第1版
	2022年1月第1次印刷
开　　本：	710毫米×1000毫米　1/16
印　　张：	12
字　　数：	133千字
定　　价：	59.80元

版权所有，侵权必究，未经许可，不得转载

上善若水任方圆

——序江寒雪老师长篇小说《方圆之间》

和江寒雪老师相识，很偶然，也很有缘。

一年前，我在《苏州日报》小说版发表了一篇不到2000字的小小说《父爱》，同版上刊登的还有一篇短篇小说《晚风》，作者是江寒雪。那时，我们还素不相识。

文友把那版小说的版面截图，发在了我所在的作协群内，巧的是，江寒雪老师也在这个群。之前，虽然我们身处同一作协群，但彼此并不认识。

原先，我们是不识庐山真面目，只缘身在此群中。如今却因《苏州日报》小说版的媒介，我和江寒雪老师相识了。但仅仅是相识，还没到熟悉的程度。偶尔，我们彼此会在网上打个招呼，也是十分客气。

后来，我们又一同参加过几次作协组织的活动，由于写作体裁都以小说为主，因此，我和江寒雪老师相聊的次数渐渐多了起来。但更多的是我向江寒雪老师讨教。

江寒雪老师多部著作在身，出版了三本散文集，发表的文学作品更是不计其数，并且多次获奖。对于创作较晚、作品不多的我来说，能和江寒雪老师一同切磋文学，是何等荣幸！

还有更荣幸的，等着我呢。

六月初的一天，江寒雪老师发来了他11万字的长篇小说《方圆之间》，我欣欣然读了一遍又一遍，边读边学习。这部小说结构紧凑，环环相扣；情节曲折动人、构思巧妙，既在情理之中，又在意料之外；小说人物形象饱满，性格鲜明，呼之欲出。

就在我感叹之际，江寒雪老师又发来了一条信息。他说，这部小说要出版，麻烦我帮他的小说写个序。江寒雪老师的语气是诚恳的、真切的。

确认不是在开玩笑之后，我忐忑之余，欣然领命。这次，我带着任务和使命，重新审读了小说《方圆之间》。

这部小说是以一所知名中学为背景，以方春萱、袁宏伟两位一线教师和学校领导王副校长这三个人物为主线展开，描述他们在日常教育工作中，各自不同的职业观、学生观、教育观和处世观。

这是一部纪实风格的作品，一部当今文坛为数不多的以基础教育为题材的长篇小说。作家以直抵心灵的笔触、细腻婉转的描写、饱含感情的语言，将主人公们平凡的工作与生活、锐意进取的精神风貌、在纷乱现实面前的焦虑与无奈，淋漓尽致地表现出来。

女教师方春萱是一个有教育理想与悲悯情怀的人。她虽到了不惑之年，但依旧怀抱教育初心，与一腔热情、一片真诚。她以"横看成岭侧成峰，远近高低各不同"的待己之心对待她所教育的每一个孩子，把每一株"幼苗"都当作自己的镜子。自然，孩子们的点滴成长，也见证了她自己的成长。

她为人处世方方正正，正如她的姓"方"一样。又如她师傅老董所言："你是个正直无私、恪守师德、淡泊名利的好老师，只是以后还要在处事方式上多多修炼自己哪！"当然，这是师傅老董对爱徒的期望。

如果能方能圆，那是最好不过了。

而教师袁宏伟，年纪虽然只有三十多岁，却已担任学校德育处副主任一职。他不论是在教学工作上，还是与同事的相处上，以及与学校领导王副校长的相处之中，都如鱼得水、游刃有余，深得学校领导和同事的认可。正如他的姓"袁"一样，他为人十分圆润。小说中有一段这样的描写，就把他的圆润与豁达表现得淋漓尽致：

"说到穿着打扮，我看主要是我们袁主任的反面榜样在起作用。"

冷不丁地，袁宏伟平时的一位哥们儿冒了出来，"你看他，本来就肥硕，前两天居然还剃了个板刷头。如果再戴上副墨镜，简直就跟黑帮老大没啥两样啦！"

此话一出，逗得大家都冲着袁宏伟哄笑起来。不过袁宏伟一点儿都不生气，还笑眯眯地自我解嘲说："只要大家开心，我就牺牲一回吧。"

大家欣赏的就是袁宏伟这点脾气与风度，开得起玩笑，经得起讽喻，即使偶尔过头了，他也不生气，像个大男人的样儿！而袁宏伟呢，也把它看作与同事同伴关系的润滑剂。想要往上走，有发展，连点儿胸襟与气度也没有，那怎么行？

小说中还有这样一段：

老董阅毕，会心一笑，心想，这小年轻真是玲珑乖巧呀！如此材质，要在机关单位定会前途无量的；只可惜窝在学校，有点被埋没了。

这些笔墨的叙述，都足以证明，袁宏伟的高情商、圆润、通透及能力的不一般。

一个方，一个圆，两人虽然为人处世的方式方法不同，但因为他们都深深地热爱自己的教育教学事业，所以才会全身心地投入到工作中去，并用自己的爱与学生进行充分的沟通和交流，用爱去感染身边的每一个人。

方圆，自古以来，就是一个哲学命题。一滴水，可方可圆，泽润万物；一个人，能方能圆，方圆相济，便可活得豁达、圆满。人们认为天圆地方，那么"方圆"便成了世界。

作者以两位老师的姓，更以他们的个性特质，将小说起名为《方圆之间》，其间自然也包含着作者的处世哲学。

方中有圆，圆中有方的浑然天成；吸纳天地灵气，孕育于方圆之间，于小天地间见大气势。这些便构成了整部小说的文风和格局。

由此，我不禁想起了纪伯伦的一句名言："不要因为走得太远，忘了我们为什么出发。"这也许就是江寒雪老师这部长篇小说的意义所在吧！

金丽红

2020 年 6 月 21 日

目 录

一 01

二 09

三 16

四 26

五 33

六 41

七 49

八 59

九 71

十 81

十一	89
十二	99
十三	108
十四	117
十五	127
十六	136
十七	146
十八	156
十九	166
二十	176

一

"方老师，您的快递。"方春萱下班走到学校大门口的时候，门卫保安喊住了她。

"笃——笃——笃——"方春萱黑色高跟鞋的敲击声，循着浅淡咖啡色大理石路面一路传进了保安室。

她打开一件精致的青色快递封皮，抽出一个信封，一摸硬硬的，随即塞进肩包里，便走出学校大门，一头钻进了早已等候在校门口斜对面的一辆的士内，离开了。

车子走走停停，好不容易驶出了拥堵不堪的古城核心区，爬上了内环路，又绕进了中环线。大约四十分钟后，车子终于在城郊西部的一处山明水秀的山庄门口停下。

山庄门口错落有致地停歇着五六辆轿车，档次最差的也是宝马、奥迪之类的。正值初春，山庄周边的湖泊边与山坡上依然是一片萧条，寒意甚浓。唯有零星的几垄茶梅花，大朵大朵地绽放出或红或黄的诏媚笑颜。

"美女你好，"门口穿着制服的小哥殷勤招呼道，"请问有预约吗？"

方春萱亮出身份，说明来意。她心中只是暗自好笑：这年头，不分年龄和场合，只要是女的便统称"美女"。

那小哥便十分谦恭地引着她进入大门，穿过园林般曲曲折折的廊道，在山脚下的一栋别墅样建筑的会客厅内坐定。

里面两位年轻漂亮的女服务员又是上茶又是端水果；招待完毕，便恭恭敬敬地后退几步，然后转身离开会客厅，轻轻地将门带上。

窗外的夕阳照进屋内，东一摊西一摊地落在地面上、茶几上与她对面雪白的墙壁上。她环视四周，客厅内的装饰呈现出一派仿古风格：荸荠色的花梨木家具，简约大气，是典型的明式风格；墙壁雪白，水灰色方砖铺地；头顶的房梁上悬挂着几盏花格方形宫灯；淡黄色的窗帘慵懒地半拢着。

方春萱抬腕看看表，已经过去十来分钟了，可还不见今晚的主人出现。她下意识地摸了摸身边的肩包，忽然间想起了什么似的，随即打开包，取出里面的《傅雷家书》；她又掏出刚才在学校门卫处拿到的那个信封，夹入书中，合上；并用红丝带在书皮上打了个漂亮的蝴蝶结，重新放回包里。末了，她还给老公发了条微信："九点以前你亲自来接我。切记！"并将位置也发了过去。

今天，方春萱本不愿来赴约的。只是从早到晚，班里的那家长连续打了三通电话盛情邀请；再加上下班前学校王副校长又特意前来说情，她才勉强答应了。也许，在别人看来，这未尝不是一件巴结领导、收获实惠的好事。可她总觉得这是一场鸿门宴，因为这触碰了她为人处世的底线。

　　已经是初三的最后一学期了。崇礼中学，这所吴城市区一流的初级中学，早在年前，家长们就想方设法地在为自家的孩子的升学而四处奔走了。而由方春萱所带的初三（6）班，是崇礼中学本届毕业班中最好的两个班之一，家长们更是钻天打洞地使出浑身解数，在为孩子们计深远、谋出路。尤其是那些有财力又有门路的家长，居然还把触角伸到了国外。就在年前，她班上已有两位学习成绩很优秀的学生成功办理了去加拿大读高中的手续。于是，这股风气迅速在班上蔓延开来，甚至连一些学习成绩欠佳但有经济实力的孩子家长，也企图通过弄虚作假办理出国留学手续从而达到去国外就读的目的。今天这位凌云学生的家长便是如此。

　　据说，出国留学读高中的基本条件是从初一到初三，学生的各科成绩必须全在80分以上。而凌云的成绩在班上属中等偏下，几乎有一半的科目成绩在80分以下，有的甚至刚达及格线。为此，本学期一开学，凌云的父亲就三番五次地找方春萱，要求她将成绩报告单做"技术处理"，并承诺事成之后一定重谢。而作为班主任的方老师，对此类弄虚作假之举本就深恶痛绝。试想，如此明目张胆地篡改成绩，而去达成孩子所谓的目标，将给孩子带来何等恶劣的影响啊！孩子又将如何看待我们这些老师与家长？如何看待我们的教育？如何认知我们这个世界？于是，方春萱很婉转地拒绝了家长。

　　谁知那家长并不死心，对方不断地通过教学处甚至校长室来打招呼，要求方老师给孩子的成绩做"技术处理"，但都被她婉转而坚决地回绝了。

与此同时，那家长还或亲自或通过孩子送来了面额不小的购物卡，但被方春萱一次次拒绝了。刚才她在校门口保安那儿收到的快递，只是那家长另一种送卡的方式而已。

"哎哟，方老师！"客厅门忽然被推开，随即进来了一位大腹便便的中年男子，满脸堆笑，"实在抱歉，让你久等了。路上堵车，堵得着实厉害啊！"

"凌总好。"方春萱站起半个身子，欠了欠，算是招呼答礼。

这来的便是学生凌云的家长，据说是本地某民营企业的老板。他的身后还跟着一位年轻漂亮的女子，看样子像是他新娶的妻子。因为方老师早就从凌云口中得知，凌云的父母在他刚上初中时就离异了，后来父亲又给他娶了位后妈。再后面一路点头哈腰的年轻人大概就是他们的司机了。

凌总夫妻俩径直走到方春萱对面的沙发旁坐下。

先前的两位女服务员不知什么时候也跟了进来，分别替他们夫妻俩泡上了两杯茶，而后又端起方春萱的杯子准备续茶。

"我来，我来！"凌总见状急忙站起身，笑嘻嘻地抢过服务员手中的杯子，续了茶，双手捧着，恭恭敬敬地递到方老师手中。

方春萱也站起来，脸上漾出一圈浅浅的笑意，接过茶杯，道过谢，又坐回原位，轻轻地抿口茶水。接着，就和眼前的夫妻俩聊起了些无关紧要的话题。

片刻工夫过后，凌总看见司机在客厅门口朝自己点头示意，便站起底线。

已经是初三的最后一学期了。崇礼中学，这所吴城市区一流的初级中学，早在年前，家长们就想方设法地在为自家的孩子的升学而四处奔走了。而由方春萱所带的初三（6）班，是崇礼中学本届毕业班中最好的两个班之一，家长们更是钻天打洞地使出浑身解数，在为孩子们计深远、谋出路。尤其是那些有财力又有门路的家长，居然还把触角伸到了国外。就在年前，她班上已有两位学习成绩很优秀的学生成功办理了去加拿大读高中的手续。于是，这股风气迅速在班上蔓延开来，甚至连一些学习成绩欠佳但有经济实力的孩子家长，也企图通过弄虚作假办理出国留学手续从而达到去国外就读的目的。今天这位凌云学生的家长便是如此。

据说，出国留学读高中的基本条件是从初一到初三，学生的各科成绩必须全在80分以上。而凌云的成绩在班上属中等偏下，几乎有一半的科目成绩在80分以下，有的甚至刚达及格线。为此，本学期一开学，凌云的父亲就三番五次地找方春萱，要求她将成绩报告单做"技术处理"，并承诺事成之后一定重谢。而作为班主任的方老师，对此类弄虚作假之举本就深恶痛绝。试想，如此明目张胆地篡改成绩，而去达成孩子所谓的目标，将给孩子带来何等恶劣的影响啊！孩子又将如何看待我们这些老师与家长？如何看待我们的教育？如何认知我们这个世界？于是，方春萱很婉转地拒绝了家长。

谁知那家长并不死心，对方不断地通过教学处甚至校长室来打招呼，要求方老师给孩子的成绩做"技术处理"，但都被她婉转而坚决地回绝了。

与此同时，那家长还或亲自或通过孩子送来了面额不小的购物卡，但被方春萱一次次拒绝了。刚才她在校门口保安那儿收到的快递，只是那家长另一种送卡的方式而已。

"哎哟，方老师！"客厅门忽然被推开，随即进来了一位大腹便便的中年男子，满脸堆笑，"实在抱歉，让你久等了。路上堵车，堵得着实厉害啊！"

"凌总好。"方春萱站起半个身子，欠了欠，算是招呼答礼。

这来的便是学生凌云的家长，据说是本地某民营企业的老板。他的身后还跟着一位年轻漂亮的女子，看样子像是他新娶的妻子。因为方老师早就从凌云口中得知，凌云的父母在他刚上初中时就离异了，后来父亲又给他娶了位后妈。再后面一路点头哈腰的年轻人大概就是他们的司机了。

凌总夫妻俩径直走到方春萱对面的沙发旁坐下。

先前的两位女服务员不知什么时候也跟了进来，分别替他们夫妻俩泡上了两杯茶，而后又端起方春萱的杯子准备续茶。

"我来，我来！"凌总见状急忙站起身，笑嘻嘻地抢过服务员手中的杯子，续了茶，双手捧着，恭恭敬敬地递到方老师手中。

方春萱也站起来，脸上漾出一圈浅浅的笑意，接过茶杯，道过谢，又坐回原位，轻轻地抿口茶水。接着，就和眼前的夫妻俩聊起了些无关紧要的话题。

片刻工夫过后，凌总看见司机在客厅门口朝自己点头示意，便站起身来对方春萱说道:"方老师,我们用个便餐,边吃边聊吧?"于是就熟门熟路地引领着方春萱穿过一个小花园,拐过两个弯,来到了一间面朝湖山的敞开式包间内。

"方老师请坐!"凌总挑了个面朝落地玻璃长窗外湖光山色的座位,微微移动下椅子,让方春萱坐定。然后,自己和妻子分别在方老师两侧坐下。司机也在他们的斜对面坐了下来。这当儿,服务员给他们四个各自端来了一小盆清水,洗过手。

"开席吧!"凌总话音刚落,服务员便陆续将一道道冷盆热菜端上了桌面。菜品虽不多,却全是山珍湖鲜,且制作考究,色香味俱佳。

"方老师,"凌总将一筷子野味夹到方春萱面前的碟子里,笑眯眯地说,"我们以前不会办事,可能让您尴尬为难了,请您多多包涵!"

"是呀是呀!"一旁的妻子也极其配合地应声道,顺手给方春萱的杯中加了点鲜牛奶。

一听这话,方春萱才明白:原来这家长是误以为自己不收他们的礼品是计较他们的送礼方式太过直白呀!难怪他们还如此固执地给自己寄快递呢。今天邀请自己来此,是为了所谓的赔礼道歉呢!

她的嘴角不禁漾出一丝苦笑,她下意识地微微摇了摇头,但随即又微笑着敷衍道:"没有,没有,你们误会了。"说着,她便站起身来:"失陪一会儿,我去趟洗手间。"

其实,方春萱是借故出来透透气,整理下思绪的。

看来,这家长还是执意要让自己弄虚作假给他儿子重新制作成绩单,并且明摆着又通过王副校长来给自己做工作施加压力的。这可让她有点左右为难：如果光是家长，她可以毫不犹豫地回绝。可如今有了校领导的掺和，事情就变得复杂了。答应吧，有悖自己的原则；不答应吧，恐怕还会得罪王副校长。自从上学期原来的沈校长突然被提拔去市局当了副局长后，这位王副校长就以副代正，全面主持着学校工作。如果自己真的因为此事而驳了领导面子，开罪了人家，这以后的日子也许就不大好过了。虽说原来的沈校长、现今的沈副局长对自己一向钟爱有加，可毕竟县官不如现管哪！

她独自站在夜色中，身边的湖面黝黯而空旷，有夜风拂来，透着阵阵凉意。远处的山黑压压的，一如心头的困惑，让她有点儿透不过气来。唯有头顶晶亮亮的繁星，眨着清纯的明眸注视着她，仿佛在给她以某种提醒与鼓励。这时，她忽然想起了师傅老董经常对自己所说的那句话：为人处世，当内方外圆。"是呀，无论如何，做人的原则不能丢！"她仿佛是下了什么决心似的，对自己说。

五分钟后，方春萱重新回到了包间内，她依然笑眯眯的，一副不动声色的样子。

"来来来，趁热吃，"凌总笑容可掬，又把一小碗鲍鱼羹端到方春萱面前，"方老师，我们凌云的事还得请你多多费心呀！"

"是呀，毕竟这攸关孩子的前途，所以方老师无论如何也要帮这个忙啊！"一旁的妻子也是一脸的诚恳。

"我看这样吧，凌总，"方春萱放下筷子，"你们还是让我们校领导直接出面，通过教学处办吧。"

话都讲到这个份上了，方春萱知道自己必须直面了，于是就给了对方一个软钉子。因为她知道，校领导对此事最多只是睁一眼闭一眼，但决计不会明目张胆地让自己去"技术处理"这个成绩单的。

凌总的笑容瞬间凝固了，但很快又恢复了原状："可不管怎么说，都得通过方老师你呀！来来来，咱们先不谈这个，继续吃饭。"

就在这时，方春萱的手机响了。一看是老公打来的，她便故意放高了声调，让他直接来包间。

只是一会儿工夫，她老公便出现在了包间门口。他很礼貌地跟凌总夫妻以及他们的司机打过招呼，便将自己的名片一一递到他们的手里。

凌总一看名片，心中不禁暗自一惊：难怪儿子的这位班主任老师这么牛，原来她老公是本地知名国企的老总哪！

"呀，失敬失敬！"凌总先是双手抱拳作揖，而后又十分热情地与他握手。

"那我们先行告退啦？"方春萱见状，迅速站起身，退到包间门口。忽然间又想起了什么，她转身从包里取出了那本《傅雷家书》，交到凌总的手中："这本名著算是我送给凌云的礼物，希望他寒假能好好阅读。"然后她掉头离开，没走几步，又回头对凌总意味深长地补了一句："如果有空，你们家长也可以看看。"

凌总见不好挽留，便极为热情地将方老师夫妇径直送到山庄大门口。刚在门口站定，只见一辆黑色保时捷稳稳当当地停在了他们身边。方春萱十分利索地钻进车里，很礼貌地跟他们挥手道别。

"有什么了不起的？假清高！"凌总的妻子小声嘀咕了一句。

而凌总却默不作声地站在那里，目送着渐渐消失在山庄外昏暗灯影中的方老师夫妇。失落懊恼之余，他心里不禁萌生几分感慨：唉，这年头，这样的老师可不多喽！

二

第二天，也就是星期五。下午的第三节课照例是全校所有班级的班会课。方春萱本来准备给班级举办一次主题为"奋战一百天，迎接人生第一考"的班会活动。可上午突然接到德育处副主任兼初三（5）班班主任袁宏伟的通知，说是本周班会全校所有班级都要完成区里下达的一项临时任务：为本区唯一的一位吴城市"精神文明建设标兵"候选人投票。而且明确规定：所有学生只能把票投给本区的这位候选人，不得投给其他候选人。

班会课一开始，初三（5）班鸦雀无声。袁宏伟以很柔和的目光扫瞄了下讲台下，然后低下头，将手中的一沓选票点数得唰啦啦地响，亲自依次分发到每一位学生的桌面上。学生们看着手中的选票，便在下面叽叽喳喳地议论开来：

"又让我们冒充成年人当选民！呵呵！"

"谁是谁都不知道，投什么呀？这不是作假嘛！"

"你傻呀！管他是谁，投就是了。"

"现在,请大家安静一下,"袁宏伟回到讲台前,提高了分贝说,"老样子,今天班会课要求大家首先完成一项——"

"重要的政治任务——"全班学生都拖长了声音,异口同声地喊道。

"聪明!"对于这些被自己调教了两年而训练有素的学生,袁宏伟显然十分满意,"但是请大家注意,只能把选票投给一位,选票上排名第五的那位,我们区的,在名字前面的圆圈上打钩。"

对于学生们的吐槽,袁老师并不介意,他只是笑了笑,半开玩笑地补了句:"你们懂的。"

"懂的——"学生们全都哄笑起来。

这情形,隔壁初三(6)班的方春萱听得清清楚楚。

方春萱对于这位工作才五六年、三十刚出头的小袁老师,撇开工作,说实话还是蛮欣赏的。小袁老师热情、爽朗而谦虚,与学生亲密无间,进德育处前,办公室里的大小杂事他都主动承担甚至大包大揽,老师们都很喜欢他。所以去年中层干部竞争上岗,他高票当选也在情理之中。

但对于小袁老师的带班风格,尤其是他给学生所灌输的那些为人处世之道,她真的不敢苟同,甚至极为腹诽。他的那种唯命是从,理解的要执行、不理解的也要执行的做派,不是校园这个教书育人的特殊场所应有的现象。

譬如今天这样的事,她就选择让学生依据选票上的候选人介绍,自由投票。既然学生对于所有候选人情况都不熟悉,那就完全可以根据每个候选人简介,让学生自主判断、选择,然后投上符合自己内心标准的一票。这是学生的权利，也是教育的根本。否则，这跟成人世界的诱选与贿选有什么两样呢？

"老师，这候选人连家里孩子发高烧都不管，这样的人能做精神文明标兵吗？"

"我觉得这个候选人最让人感动，环卫工人，她每天起早贪黑的多辛苦呀！虽然不是我们区的，但我投她。"

"哟，我们区的这位候选人是个社区医生呀！"有一位女生叫了起来，"还是位80后美女呢。这么年轻就出名，肯定很优秀，我投她！"她还回过头对后座的一位女生说："你也投她吧，你老妈不也是社区医生吗？"

面对这样的场景，方春萱一般都是微笑不语。尽管学生往往是从个体体悟出发去做评判的，有的甚至还带有浓重的感情色彩，难免有失公允。但这样的评判至少是独立的、自主的，不受任何诱导的。当下我们的教育，缺少的不就是这种对于学生独立思考意识的尊重与培养吗？

此刻，站在讲台前的方春萱，无意间将目光移到了教室后墙上张贴着的"社会主义核心价值观"宣传画上。她恍惚觉得，那画面上赫然印着的"诚信"两个红色大字正慢慢地幻化成两张笑脸，冲她露出甜美的微笑呢。

趁着放班的当儿，方春萱点开微信朋友圈，发现有几个毕业班班主任同事已经在晒去一中参观活动的照片了。此刻，她才记起，中午的时候，德育处特意在初三班主任微信群发了个通知，说今天下班后大家统一前往一中参加联谊活动，还特意叮嘱，准时参加，不得缺席。

这可是这些年来每届毕业班班主任老师的例行活动。市区的一些四星级高中，每年的这个时候都会展开激烈的生源大战。其套路就是利用周末时段，邀请本市一些知名初中的领导与毕业班班主任到他们校园进行座谈、联谊，然后便是吃晚餐、赠送礼券与礼品，最后希望各位班主任给班级学生与家长做宣传，以达到拉生源的目的。渐渐地，各知名初中学校的领导也积极配合，有的甚至把它当作一种给本校毕业班班主任老师的隐形福利。可让方春萱没想到的是，开学才不到一个月，一中就打响了这生源大战的第一枪。

回到办公室，方春萱发现只有老董一个人还待在办公桌前批作业。

老董本是前任沈校长手下的中层领导，上学期因年龄原因退出管理岗位，回归普通教师群体。因为长期在本校参与教育教学管理，他对内情自然了如指掌。因其道行深，加之为人平易谦和，因此他在老师们中间有着较高的威望。"老懂""老法师"是大家背后对他的称呼。而方春萱与老董还有一层特殊关系：刚参加工作那年，学校把她分配给老董当了徒弟，且一当就是三年。

"结束啦？"老董见方春萱进门，招呼道。对于自己这位当年的徒弟，老董向来是关心有加的。

"唉，总算应付完了。"方春萱呷了口茶，自嘲道，"今天我们班恐怕要让小袁主任失望了。"

"知道吗，你们班那位老板家长宝贝儿子成绩单的事，学校已经交给小袁去处理了。"老董抬起头，很认真地说。

方春萱先是吃惊地一愣，然后便微笑着捧着茶杯走到老董跟前说："蛮好，这也算帮了我的忙呀。"

"你们两个呀，一个是外圆内方，一个是外方内圆。"老董也笑着对自己的爱徒意味深长地说。

"他们都出发去一中啦？"方春萱转移了话题，问老董。

"早就去了，"老董继续批阅他的作业，"恐怕只有你和小袁两个磨蹭到最晚了。"

"师傅呀，我是真心不想去了。这招生弄得跟招商似的，还有点儿办教育的味道吗？"

老董知道，每当方春萱叫他师傅的时候，就一定是有烦恼要向自己倾诉了。这么多年来，他太了解自己的这位徒弟了。她正直，讲原则；喜爱宁静，讨厌应酬。有时他真心觉得，自己的这位爱徒就适合待在校园里教书。但校园也不是世外桃源哪，正直过头，不知变通，最终受伤的还是她自己。

"应该去的，这也算是学校的一项活动。"老董深知自己徒弟的心思，便一反以往含蓄的语气，直截表明了自己的态度，"就你不去，你让领导怎么想？"

方春萱知道自己今天是非去不可了。这么多年来，每当师傅以这样的语气跟自己说话时，她便会彻底放下心头的纠结，毫不犹豫地听从他的建议。这已成了她的习惯，成了他们师徒之间的默契。

"你看人家小袁，带第一届学生的时候，也曾像你那样倔强，屡屡不给领导面子，结果吃了很多亏。"见徒弟愿意听从自己的意见，老董便乘势点拨道，"可是后来人家吃一堑长一智，所以如今发展得风生水起。"老董见徒弟脸上泛起了一层有点尴尬的红晕，就又补充了一句："当然，我对他有时不讲原则，甚至突破底线的做派并不赞同。"

"小方呀，"老董话到动情处，往往会像当年一样亲切地称呼对方，"你是个正直无私、恪守师德的好老师，只是以后还要在处事方式上多多修炼自己哪！"

告别师傅，方春萱便径直去了一中。

等她到达时，参观校园与联谊座谈活动已结束，大家正在一中校长的引领下，向校园西南隅的食堂走去。这也就是这两年因为廉政的缘故，对方才把宴请地点改在了自家食堂；要是在过去，那必定是城外的某处高级宾馆或养生山庄。

王副校长见方春萱到来，一边十分热络地跟一中校长低声攀谈着，一边回头冲她满意地点了点头，并漾出一圈笑意。

方春萱心想，王副校长之前一定还在担心，自己会不会不给他面子而缺席今天的活动吧？

宴请地点是在食堂的一个豪华包厢内。两校领导一桌，这边崇礼中学毕业班班主任与一中中层领导两桌。袁宏伟见大家陆续就座，就挑紧挨着领导桌的边上落座，他的斜背面正好是王副校长，两人隔着一段倾身即可交谈的距离。而方春萱就那么随便一坐，故意将自己淹没在了人堆里。

包厢内的装饰甚是豪华，一点儿都不亚于星级宾馆。这是当下许多单位，包括学校的普遍做法，宴请领导或贵宾既然不能再去豪华饭店了，那就将自家食堂打造得高档一些，有些单位甚至还把之前的定点酒店或宾馆的大厨给挖了过来。

大家刚坐定，一中的总务主任便走了进来。他给崇礼中学的每位班主任分发一盒碧螺春，紧接着又给每人发一张面值500元的超市购物卡。赤裸裸的，没有封皮。这是一中的一贯做法。他们就是要让大家直白地感受到他们学校的诚意，以便各位班主任回去后充分宣传他们学校，然后把最优秀的毕业生推荐给他们。至于给崇礼中学领导的礼物，他们没有当面给，也许是为了在老师们面前避避嫌，装装样子吧。

席间，对方领导致辞欢迎，崇礼中学领导讲答谢话，之后便是相互敬酒。气氛和谐，其乐融融。一直到当晚近十点，大家才散场。

三

周一早上早读一结束,方春萱就将那张购物卡交给了班长,并叮嘱说:把它当作班费,毕业联欢时,去超市买些吃的,大家乐一乐。回到办公室,她又把那盒碧螺春送给了老董。

其实,她也明白这样做有点自欺欺人,但不知为什么,总觉得唯有如此才能让自己心里好受些。

学校的工作千头万绪,每一头最终都下挂到班主任案头。

方春萱回到办公室,还没批阅完半个班的语文作业,就接到来自校长室的通知,说是中午要召开全校班主任会议。

一般这样的会议都是由德育处组织召开的,今天却是校长室,大家都感觉有点非同寻常。一打听,说是市教育局要来学校突击检查。

突击检查?莫非学校出什么事了?一些爱八卦的老师纷纷揣测起来,搞得有点紧张兮兮神神秘秘的。

中午的班主任会议十分简短,王副校长宣读了吴城市教育局将于本周二进驻崇礼中学进行为期一周的教育教学工作综合督导的通知。接着,他又给各位班主任下达了指令：今天下午第二节课课后，班主任要对各班学生进行纪律、行为礼仪等方面的专题强化教育，并进行班级大扫除与环境布置。最后还特别强调：本次督导是以市政府教育督导室的名义展开的，是上级领导对我们崇礼中学办学水准的一次综合考察与评估，因此一定要高度重视。对于所涉及的班主任工作范畴的事宜，本着责任到班与到人的原则，如果有谁出纰漏，将取消两年之内的评"优"评"先"与职称晋升的资格。

会议一结束，袁宏伟就直奔办公室，根据王副校长的布置，从在校纪律、行为规范、礼貌礼仪、个人与班级卫生、班级环境布置等五大方面，草拟了三十多条具体要求。不到两节课的时间，他就以德育处名义公布在了班主任工作群里。为此，王副校长在群里对其大加赞赏，称赞其站位高，主体责任意识强，考虑问题细致周到。

方春萱把这些信息复制给了老董，并附了句感慨：我也醉了！

老董阅毕，会心一笑。他心想，这小年轻真是玲珑乖巧呀！如此材质，要在机关单位定会前途无量的；只可惜窝在学校，有点被埋没了。

下午第二节课一结束，方春萱急忙前往班级，刚从楼梯上到三楼，远远地望见袁宏伟已经先于自己走到他们初三（5）班门口了。此情此景，不得不让她对小袁老师的执行力与敬业心暗暗佩服。等到她走到自己班级门口时，已经听到小袁老师扯直了嗓子，以极其严肃的语气在给学生宣讲他的"施政方略"了。

第二天，市督导组如期进驻学校。方春萱连续上了两节课，嗓子发干，两腿拖沓着返回了办公室。还没来得及喝一口水，就见袁宏伟走进来对她说："方老师，校长室通知你马上去小会议室，参加督导组的个别访谈。"然后转身匆匆离开，走到门口还回头对她补充了一句："我刚结束访谈回来。"

方春萱嘴上答应着，心里却嘀咕道："也不给人家喘息的机会，想累死人呀！"

她喝完一口茶，然后取出包里的化妆盒，略施粉黛，对着镜子里的自己微微一笑，便拿上笔记本，站起身向会议室走去。其实她也知道，这笔记本是多余的摆饰物，但为了表示对人家的尊重，必须带着。这可是王副校长主持学校工作后的新规定。

方春萱一走进小会议室，只见坐在会议桌前的一位年轻人站了起来："方老师，你好呀！"这语气根本不像是教育局领导找基层教师访谈，而像是久违的老友相见。

方春萱抬头看着对方，颇为惊讶地问："你是……"

"我是你当年的学生呀，第一届的。"对方自我介绍起来，"方老师想不起来了？"

方春萱笑眯眯地注视了对方好一会儿，竭力想搜寻记忆中的蛛丝马迹，可还是找不到半点痕迹；但听说对方是自己的学生，内心还是涌起一股莫名的兴奋。

那年轻人见方老师真记不起自己了，便自报家门道："我叫钱书豪，当年一直坐在讲台边的那个。"

方春萱这才依稀记起,在她的第一届学生中,班上的确有一位小男生,整天调皮捣蛋,几乎每天都要闹出点动静,来让自己头痛不已。可面对着眼前这么一位文质彬彬的年轻人,她实在难以将两者画上等号。

"方老师请坐。"钱书豪显然也很激动,他特意绕过半圈圆桌走到方春萱跟前,将一张椅子搬到她身边,"这么多年了,没想到会在这样的场合见到老师。"然后,钱书豪还像当年一样,多少有点局促地站在方老师面前,脸上依然挂着几丝大男孩的稚气。

一旁的中年男子见这师生二人交谈得如此热络,便提醒道:"小钱,方老师工作也挺忙的,我们就开始访谈吧。"

"方老师,这是我们督导室新来的吴主任。"钱书豪向方春萱介绍道。

"吴主任好。"方春萱很礼貌地点点头,算是打过了招呼。

于是,吴主任便与方春萱正式进入了访谈状态,钱书豪则在一旁的笔记本电脑上做记录。

"市教育局一贯要求各校不得分快慢班。那么方老师,据你所知,咱们崇礼中学各年级有快慢班之分吗?"吴主任直奔主题。

对于如此尖锐敏感的问题,方春萱并不陌生,因为每次调研这都是必问必答题;只是此类问题从来也没有得到过解决。并且,方春萱相信,如果下次调研她还有机会坐在这儿,必定还会面对同样的提问。

"从一个普通一线教师的角度来看,肯定是有的。"方春萱淡淡一笑。

"从初一开始就有这种感受吗？"吴主任有意识地诱导。

"是的。"方春萱明白对方的用意，但还是很淡定。

"那么你觉得是学校有意设置的呢，还是学生的能力差异，或者随着学习的深入自然分化而成的？"

"这个问题您最好从校领导那儿寻找答案。"

问者犀利，答者机智。一旁记录的钱书豪自进入教育局督导室起，跟随着自己的顶头上司深入基层学校督导了无数次，素知这位领导的凌厉风格，所以一开始也颇为自己的老师捏了把汗。当两人问答的时候，他的目光便不停地在他们脸上游弋着，心情也随之跌宕起伏。可当他听到方老师如此从容不迫而又得体的回答时，一股敬佩之情便油然而生。

"好，方老师，我们换个话题吧。"吴主任似乎并不服输，"作为一个老师，你觉得自己能安心教书，很少受到非教育教学因素的干扰吗？"

"不能。"方春萱不假思索地答道。

"能举个例子说明吗？"

方春萱看了对方一眼，心想，还用举例吗？都快临近中考高考了，基层学校的老师和学生都忙得焦头烂额，你们却还频繁地搞督导检查，甚至还领着一批又一批的人来参观学习什么的，这不就是干扰吗？但她嘴上还是很客气很笼统地说：

"上级相关部门五花八门的活动与检查之类的太多。"

"能说具体点吗？"吴主任似乎看到了希望，窃喜。

"这个，你只要去查查学校办公室的学年工作记录，便一目了然了。"

没想到又碰了软钉子！此刻，吴主任心里充溢的，说不清是对方春萱的恼怒还是佩服。但他还是笑眯眯地说："方老师，谢谢你！我们今天的访谈到此为止吧。"

目送着方春萱消失在门口的背影，吴主任有点不悦地侧过脸问钱书豪："你的那位老师有什么背景吗？"

"方老师是崇礼中学的教学骨干、市学科带头人。"话音刚落，钱书豪似乎意识到了自己有点答非所问，就又补充了一句，"她丈夫是某大型国企的老总。"

"哦。"吴主任似有所悟。

"'哦'什么呀，才不是你想的那样呢！"钱书豪心想，"我的老师就是这么一个无私无畏的人！"此刻的他，对自己的方老师心里满满都是敬佩。要知道，这样正直的人，这年头可难觅啊！

当繁花般璀璨的灯火点亮城市的大街小巷时，方春萱正斜靠在古城区的闹中取静的小巷深处的院子的一把绵软靠椅里，一边喝着晚茶，一边跟上午才相认的学生钱书豪聊着天。

自从方春萱老公升任国企老总，他十天半个月不在家吃晚饭便成了常态。为了让老公安心工作，也为了让孩子规避现行的体制内教育，去年小升初的时候，她把自己的宝贝女儿送去了本市一所一流的私立学校——

吴城国际外国语学校就读。这倒也解放了她自己：女儿寄宿学校，只有周末才回家一次；如果老公出差在外，她便成了自由之身。就像今天，当钱书豪下班前发出邀请的时候，她就爽快地答应了。

"这环境绝对不亚于私人会所呀！你常来？"方春萱对自己的学生也用不着远兜远转地绕弯子，笑嘻嘻地问。

"我哪有那条件常来呀？"钱书豪听出了老师玩笑中的话外之音，生怕老师怀疑自己年纪轻轻便与腐败沾边，他坦白道，"这是我大学同学兼好友家的私宅。他父亲是地产商，前些年把这处行将坍塌的老宅买下了，翻修保护。据说这是市政府推出的古宅保护新举措。平时不对外开放的，只是作为接待亲朋好友的场所。今天我跟好友说要请您，他便主动把这场所贡献出来了。"钱书豪一边说着，一边剥了个山竹，将黑乎乎圆壳里的一瓣白白的果肉递到自己老师面前。

方春萱看着眼前这个一表人才的年轻人，脑子里却蹦出了当年那个皮得如猴子滑得像泥鳅的小男生。

十八年前，她大学毕业被分配到崇礼中学任教，并担任初一（2）班的班主任。后来她才知道，这是个普通班，生源结构为地段生、市教育局统配到学校的城乡接合部失地农民子女。而钱书豪便是来自城市西郊的学生。因城市的扩容，老屋被拆迁，他老实巴交的父母被本市一家电子企业所吸纳。

作为一名学生，钱书豪正式引起方春萱的注意是在一个冬日的中午。

那天午饭后她从食堂出来，准备直接去教室看看班上学生午间情况。

走到教室门口，她发现班上两个个高的女生正把一位小男生按在门框边的墙角，你一脚我一拳地踢打着呢！边打还边大声地呵斥："下次还擦不擦黑板？"

那小男生滚在地上，半是求饶半是喊救命似的大声叫道："哎哟，女魔头欺负人啦！哎哟……不擦了，不擦了！"

年轻的方春萱凭着自己学生时代的体验，虽然明知道这多半是大女生与小男生之间的半真半假的打闹，绝对算不了打架斗殴；但她还是忍不住快步走过去大声喝住了那两位女生，并把那小男生一把扶起。一看，原来是钱书豪。一了解情况，原来是那天中午，那两位女生正在抄写上午最后一节课老师布置在黑板上的数学题，那调皮的小男生恶作剧，故意把黑板上的题目给擦掉后拔腿便逃，可刚逃到教室门口，便被那两位女生给擒住了。

方春萱看到站起来的钱书豪被那两位女生用彩色粉笔灰抹成了猫咪样的大花脸，差点笑出声来。可当她看到他走路有点一瘸一拐的，又忍不住生气地训斥那两位女生道："钱书豪虽然有错在先，但你们这样的行为是名副其实的欺凌同学！"为了以儆效尤，她还当着全班同学的面宣布道：以后谁再敢欺负钱书豪，坚决处分！

事后，方春萱还把钱书豪领进了办公室，帮他擦去脸上的粉笔灰，掸掉身上的灰尘，对他进行了一番以后别再惹是生非之类的教育。没想到这小男生到了办公室，先是委屈地哭，后又破涕为笑，到最后便像没事一般高高兴兴地离开了。

此后，方春萱发现钱书豪虽然依旧调皮捣蛋，时不时地要被她拎到讲台边的座位严加看管，但他活泼聪明，接受能力极强，反应也极其灵敏。他学习看似毫不专心，成绩却一直在班上甚至年级名列前茅。更为主要的是，他热情开朗，班级里的事从来都是不怕苦不怕累地抢着干。为此，方春萱打心眼儿里喜欢他。只是这小子直到初中毕业，个子好像从不见长，他还是班上最矮小的一位。

而那时的钱书豪虽然不知道怎样用语言来表达对方老师的感激，但他的内心早已把她当作自己父母一样的亲人了，并慢慢地下定了这样的决心：长大后考师范大学，毕业后也要当个像方老师一样的好老师！

"方老师，吃糕点。"钱书豪把服务员刚端上来的一方精致蛋糕推到老师面前。方春萱这才将自己的思绪从遥远的过去拉回。

"小钱，你怎么会去教育局的呀？"方春萱想解开从今天上午直到现在一直萦绕于心头的疑问。

"大学毕业后，我考了几年的教师编制，笔试都通过了，只是到了面试都没过关。"钱书豪感慨地说，"后来有人点拨我，说是笔试靠实力，面试靠关系。我没有任何关系，所以结果是屡试屡败。"

"后来呢？"

"后来我干脆去考公务员了，便挑了个报考相对冷门的教育系统。没想到就被录取了。"

"哦！"一时间，方春萱除了跟自己门生一样感慨，也不知说什么好了。

　　回家经过学校大门口的时候，方春萱发现一辆黑色奥迪停在一旁，从车上下来的是袁宏伟和自己班上凌云同学的家长。两人握手道别后，袁宏伟便拎着凌总给他的大包小包进了校门。

四

周三上午第一节课后,照例是课间操。方春萱因为感觉有些疲惫,没上操场陪操,而是回到办公室小憩。

此刻,桌上的手机"叮咚"一声响了起来。一看微信,原来是她在新区实验初中任教的同学发来的:"我校一位初三男生因零模考试失利,上周末被班主任叫去谈话,回家后又被家长责罚,然后离家出走。昨天傍晚被证实在郊外跳河自尽了。现在家长在学校大闹呢!"她同学还发了一张家长在校门口拉横幅的照片。

方春萱有点头皮发麻。像这样的事件,几乎每年都会发生,但因为众所周知的原因,这类新闻从来不会见诸本地各大媒体,便只有自媒体私下传播了。即便是自媒体信息,不出一周,也定会被屏蔽。也许正因为如此,此类事件从来不会引起其他学校、家长和社会的广泛关注,也从未引起相关主管部门的高度重视。于是便进入了一个怪圈:这样的事件愈是接连不断地发生,便愈是家丑不可外扬地捂着;愈是严严实实地捂着,便愈是接连不断地发生。而最终受伤害的,就是孩子及其家庭!

"唉，难道我们的教育非得以学生的生命为代价吗？"方春萱不禁悲愤地想。尽管她知道，凭一己之力，乃至某一方面的力量根本无法改变现状；因为教育是一项系统工程，其积弊唯有正本清源方能解决问题。可是这"本"与"源"又在哪儿呢？即便找到了又该如何去"正"与"清"呢？每每想到这些，方春萱便感到烦躁与头疼，于是也就越发迷茫与无奈。

"算了，自己只是一个普通的小教师，只能做好自己的分内事。当下，作为班主任，保一班平安便是自己最大的责任。"末了，她这样安慰自己道。

方春萱随手将这则信息与照片复制给了师傅老董。忽然又想起班上的凌云周一周二都没到校，虽然他的父亲凌总这两天都发信息以生病为由告假，但她都表示怀疑。

印象中，这孩子自上初中以来，一向都活蹦乱跳的，连个头疼脑热的记录都没有，怎么这两天就突然生病了呢？不会是有什么情绪与心理问题吧？想到这层，她有点儿莫名地害怕。因为这孩子内向，如果不特意去关注，你甚至会忘记班上还有这么个人！这也许是其父母离异的导致的吧。方春萱心想。

可是现如今，他的父亲凌总居然还要想方设法地让这个未成年且内向的孩子，独自去加拿大留学！这孩子会不会有一种被遗弃的感觉，因而赖在家里跟其父亲闹别扭搞抗争呢？如果持续下去，这孩子会不会因一时想不开而走极端呢？方春萱越想越害怕。她赶紧拿起手机，主动拨通了凌云父亲的电话。

"方老师您好！"那头传来了凌总热情的声音，"我们凌云给您惹麻烦了。"紧接着又是很礼貌地致歉。

"凌云身体怎么样了？"方春萱没心情跟他客套寒暄，直奔主题。

电话那头是短暂的沉默，然后略显尴尬地说："方老师呀，我们凌云恐怕本周不能到校了，您看可以吗？"

"请你如实告诉我，孩子是真的身体不适呢，还是另有隐情？"

对方显然感觉到了方老师的疑惑，见瞒不住了，只好如实相告："方老师，您是真细心哪。我们凌云这两天在跟我闹情绪不肯到校呢。"

"他是不想去加拿大留学吧？"方春萱直接捅破了窗户纸。

"方老师真是太了解他了。"对方懊恼又无奈，"唉，真不知道这孩子是怎么想的，死活都不肯去，还跟我闹绝食呢！"

"果然不出我所料！"方春萱心想。但她知道电话里三言两语也说不清，便托词说："这样吧，凌总，我马上要去上课，麻烦你放学前来趟学校，我们具体商讨下解决对策，好吧？"

对方连声道谢，挂了电话。

方春萱定了定神，打开电脑，正准备备课。办公室的电话突然响了起来，老董拎起电话接听，随即对方春萱说："小方，你的电话。"

电话是教学处打来的，通知她今天下午第二节语文课，有教育部与长三角名师名校长培训班学员来随堂听课。"方老师，也就是常规课而已，不用特意准备的。"末了，教学处主任安慰她说。

方春萱明白，这是对方的惯用套路，其目的无非是为他给自己增加工作量或增添麻烦而找个台阶下。

"说得轻巧，我能不特意准备吗？"方春萱无奈地摇摇头，苦笑着对自己说，"人家都是见多识广的人精，可不是能随便糊弄的。如果真的让他们听了堂没水准的课，别说学校，就连我都不能原谅自己呀！"于是，她埋头备起了课。

崇礼中学是吴城市的一所窗口学校，因而其中层部门设置也是跟市教育局接轨的。譬如，对外交流与宣传处、教师发展处、信息技术与装备处，就是其他兄弟学校没有而为崇礼中学所独有的三个部门。同时，前任沈校长即如今的沈副局长，还让学校成为教育部与长三角名师名校长培训基地、华东师范大学课程基地、全国叶圣陶教育思想研究基地、全国信息技术教育培训基地、吴城市国际理解教育示范基地，等等。因为这些，崇礼中学每年都有国内外各级各类的教育参访团、培训营、研修班纷至沓来。随着交流的不断增多，短短数年时间里，学校声名鹊起，俨然成为省内乃至全国的一所知名学校。加之学校的教学质量本就过硬，连续几年在全市的中考中名列前茅，引起了同行业与社会各界的广泛关注。

与此同时，崇礼中学的老师也有了比其他学校老师更多的外出学习交流与培训的机会，他们教育教学视野开阔，理念先进，紧跟教育教学形势，因而在各级各类比赛中也屡屡获奖。

有收获必有付出。在日常工作中，他们自然也比其他学校的老师更加忙碌，更有压力。就像今天，方春萱为了这个临时任务，又得忙上大半天。

方春萱也是个资深的语文老师，其学养深，课堂教学方法灵活，更主要的是亲和力极强，班上的学生都喜欢她、服她。因此今天的这堂课自然上得十分成功。只是当她踏进教室，发现昨天找她访谈的那位吴主任居然也来听课时，心里还是"咯噔"一下：这人倒真会趁汤下面条哪！

下课回到办公室，她便像散了架似的，一下子累瘫在座椅里。老董见状，便过来给她倒上一杯茶水，推到她面前："怎么啦？最近身体不好？"

"没事，只是经常感觉劳累。"一股暖流涌上方春萱心头，"可能是最近太忙了吧。"

"还是要劳逸结合，"老董深知人到中年的滋味，便安慰自己的爱徒道，"积劳是要成疾的。有时候，要学会推托。"

方春萱知道师傅的意思：既然早上就感觉身体劳累，就应该把下午听课的事给推掉。她直起身子，苦笑了下，便换了个话题："那位来督导的吴主任也是语文老师出身？"

"是的。他比我小八岁，我们曾经是同事。"老董说起了这位吴主任的详细情况，"后来在中层岗位上火箭式被提拔成副校长，还突击入党；再后来被提拔成校长外放，两年后又去了职业技术学院当书记。据说去年出了点什么事，被调到了教育局任督导室主任。"

"一般情况下，教育局督导室主任是由即将退休的领导担任的，这是多年来一条不成文的规定。如今这位吴主任尚在不惑之年，却去了这个岗位，就有点微妙了。如果他在'出了点事'的那个学校没啥大事，以后或许会继续得到升迁；但如果真有事，且能得到上面的照应，那恐怕就要'终老'于此了。"老董又跟方春萱这样分析道。

"但看他那升迁轨迹，后台一定很硬吧？"方春萱道。

"朝中有人。"老董解释道，"听说他的一位表哥是市政府副秘书长。"

方春萱终于明白了就里，心想："早就离开语文学科了，估计他也听不出什么道道来了。"

"也许到督导结束，综合反馈的时候，他还会对你今天这堂课做一番高大上的点评呢。"老董提醒道，"他这人，好为人师。"

"无所谓啦！"方春萱笑道，"反正语文课谁都可以听，谁都可以评。"

"小方呀，"老董还是把话题绕了回来，语重心长地说，"你也人到中年了，可要保重好身体。干我们这行很累，千万不可透支身体。像我现在满身是病，都是年轻时不懂保养落下的。"于是老董向自己的爱徒详述了自己当年当班主任教两个班语文，再加干一大堆行政事务，以至于累得每学期都要进医院挂水的情形。"现在想想，如此不懂得珍惜身体，真是很傻！"最后，老董感慨了一句。

说实话，方春萱对师傅的提点是由衷地感激的。但有时真的也是职责所在，身不由己。她始终觉得，教书是一份讲究良知的职业。试想，如果作为班主任和任课老师，对自己的工作敷衍塞责，得过且过，那耽误的可是孩子的一生，所辜负的是孩子身后的那个家庭的全部希望哪！所以，她对工作从来不敢懈怠。她记得刚工作时，当了一辈子老师的父亲就告诫过自己：教师与医生一样，都是积德行善之职业；既然选择了这个行当，就该尽心尽力，切不可耽误孩子的前程。父亲的教诲，让她刻骨铭心。

下班前夕，凌总如约而至。

方春萱热情地将他迎进办公室。谁知凌总刚刚坐定，袁宏伟便过来了，他让方春萱与凌总去学校的小会议室，说是那边环境好。方春萱断然拒绝了。教育无小事。方春萱觉得，在校园就应该让家长明白：无论你权势有多重，财富有多大，地位有多高，你就是一位普通家长，应一视同仁，不能也不该有什么特权。袁宏伟见说不动，只得悻悻离开。

方春萱具体了解了凌云与他父亲之间的矛盾纠葛，并向对方提出了自己的建议：不要勉强孩子出国留学，因为孩子尚未成年，过早离开父母与家庭，对其成长不利。

凌总一时无语，他花了那么多心思准备让儿子出国，却没想到这孩子居然死活都不肯，还以拒绝到校学习相要挟。

"要不这样，我们先冷处理下：你不妨暂且答应孩子不出国，先让他到校学习，并积极准备参加中考。至于留学，反正也是暑假过后的事情，你可以再作斟酌。"方春萱提出了权宜之计。

"也只能这样了。"凌总叹了一口气说，"谢谢你啊，方老师！"

五

就在方春萱接待凌云家长的当儿，袁宏伟被王副校长一个电话召到了校长室。

自从去年八月底沈校长被突然提拔到市教育局当副局长以来，校长室的门从来都是空关着的。虽然王副校长以副校长的身份全面主持学校工作，但谁都知道他以后就是本校的一把手。可毕竟前面的"副"字尚未去掉，所以他也就刻意保持低调。一开始和以前一样，王副校长一直和其他几位副校长挤在一起办公，后来觉得有点不方便，就将闲置的校长室后面的一间小会议室临时用为他的办公室，但门口挂着的依然是"副校长室"的牌子。

袁宏伟刚上二楼，走过多功能会议厅，发现王副校长正和几个陌生人谈事，其中有一位有点面熟，只是记不起来在哪儿见过。

他故意在门口张望了下，以让王副校长知道自己的到来。然后便径直走到走廊尽头，推开了那间朝南的王副校长临时办公室的门。他静静地落坐在沙发上，掏出手机一边刷着微信，一边等着王副校长的到来。

"小袁哪,最近各班情况都正常吧?"王副校长刚到门口,就询问道。

自从他主持学校工作以来,他们俩的关系便越发亲密起来,他对袁宏伟的称呼也由"袁主任"变为"小袁"。袁宏伟与他年龄相差十三岁,他知道袁宏伟是积极向上的那种,但就目前他们俩的职位级别与年龄差异而言,无论如何袁宏伟也不会妨碍自己什么;再说,目前德育处的老主任已是船靠码头车进站地等着退休了,校长室那位分管德育的副校长呢,又是市局下放到学校挂职锻炼的,所以全校德育工作的担子,目前也只能交给袁宏伟了。

"一切都很正常。"袁宏伟明白王副校长只是招呼性地随便问问,也就笼统地回答了一句。接着便是沉默,等待着领导的下文。

自从走上管理岗位以来,袁宏伟深知言多必失的道理,所以,与领导尤其是像王副校长这样的领导打交道时,他从来都是谨小慎微的。

王副校长在办公桌前坐定,他掀开紫砂茶壶的盖子,一股碧螺春新茶的香味扑鼻而来。他轻轻地抿上一口,又让茶水在口腔里打了个滚儿,然后才极其舒服地咽进喉咙。

"小袁呀,"王副校长清了清嗓子,将两手在办公桌面上平放着搭了个半圆,"从下周开始,我校准备启动今年初一新生的招生工作。今天叫你来呢,主要是想听听你的建议。"说完,王副校长微笑地望着他。

听听我的建议?这些年来,每年的招生都是按部就班地进行的。莫非今年市局有什么新要求吗?或者是王副校长新官上任三把火,想要实施些新举措？袁宏伟的脑子急速运转着。

"如果教育局没有什么新要求呢，我们还是与往年一样，凭小学成绩报告单择优录取。"袁宏伟以试探的口气小心地答道，"不过，有些具体要求可以做适当的修改。"

"你觉得哪些方面可以做改进呢？"王副校长眼睛一亮，有点兴奋地问。

"果然是想烧把火，搞些新政哪！"袁宏伟暗想。

"一是对古城区几所实验小学毕业生成绩单上的语文、数学、英语的全'优'成绩，根据其办学业绩进行细化分类，然后确定我们的录取标准；二是可以适当放宽对男生的成绩要求，毕竟一到初中，男生的学习潜能通常要大于女生的；三是适当压缩对古城区的招生规模，腾出名额去别的区多招些品学兼优的学生。"

袁宏伟把自己的想法一股脑儿倒了出来。

"很好，小袁。"没想到王副校长大为赞赏，"你的想法与我的思路不谋而合呢！"

是不是不谋而合袁宏伟不知道，也不想知道。他只知道领导们对下属往往有个共同的套路：先引诱你说话，如果你的建议正中其下怀，或者远超其意料，他们就先表示肯定，然后说这正是他们所想的，以显示其高屋建瓴有先见之明。如果你的建议不合其意，他们就会以"再考虑考虑"搪塞你。但今天自己的建议显然是符合王副校长心意的。袁宏伟也因此而暗自得意，心里感觉甜滋滋的。

看看王副校长没有其他事了，袁宏伟便知趣地站起身，准备告退。

袁宏伟刚走到门口，没想到王副校长在他肩膀上轻轻拍了下："小袁啊，听说你这次零模数学成绩稍微差了点。快中考了，多花些功夫！"

袁宏伟的心里咯噔了下。心想，其实自己初三（5）班的成绩跟另外一个好班——方老师的初三（6）班只相差0.5分，并且初三（6）班也是自己所教的班，完全可以忽略不计的；可王副校长就是要拿它说事，足见其又在跟自己玩套路了：既打又拉。刚才对自己的大加赞赏是拉，表明他很看得起自己，以让自己死心塌地地为他卖命；现在拿那点微不足道的成绩差距来说事则是打，敲打敲打自己，免得自己自以为是、忘乎所以，以便把自己牢牢地攥在他手心。

看穿了王副校长的心思，袁宏伟心里便淡定了许多。他抬头对王副校长笑了笑，装作十分谦虚地说："好的，谢谢校长关心，我一定会努力的。"然后回转身，昂首挺胸，大步地向楼梯口走去。

看看手机，已到放学时间，袁宏伟便径直走进教室，加倍布置了数学作业，弄得全班学生哇哇大叫。然后，他一反放学前以调侃方式娱乐学生、以舒解其学习压力的常态，直接宣布放学。那帮被他调教了两年的学生虽然不明就里，但明显感觉到了他们的班主作今天一定是受了什么刺激，也就坦然接受了他那转嫁压力式的发泄。

袁宏伟回到办公室，刚想取包下班，发现桌上手机一亮，原来是王副校长发来的微信："如果还在学校，麻烦再来一趟。"

袁宏伟也没多想，又直奔王副校长办公室而去。

王副校长与袁宏伟商定招生事宜之后，就独自坐在办公室，考虑着刚才教育局体卫艺处副处长盛名一行来校征求基层学校对于中考体育考试科目改革意见与建议的事。盛副处长临走前特意嘱咐："崇礼中学的意见与建议整理成稿后必须在明天下班前直接报送市局。"而王副校长明天下午又必须外出。考虑到时间紧迫，于是临时决定再把袁宏伟找来商量下，以便明天一上班就可以召集相关老师进行研讨座谈。

见袁宏伟推门而入，王副校长便热情地招呼他坐在自己对面。跟袁宏伟说明原委后，王副校长便对袁宏伟布置道：

"明天上午一上班，你就通知所有班主任和体育老师，第三节课集中到行政楼会议室开会。会议由我主持，你做好记录并整理成文，下午直接发给市局体卫艺处。"

"是让大家畅所欲言地讨论呢，还是……"袁宏伟欲言又止。

"完全是畅所欲言地讨论。"王副校长明白袁宏伟的顾虑，直截了当地说。

"王校，那干脆这样。"袁宏伟灵机一动，"我们明天完全可以把这个会议开成一个开放性的研讨会，并邀请督导组列席观摩。"

王副校长的眼睛又是一亮。此刻，他真心佩服眼前的这个年轻人头脑灵活。一个常规性的讨论会，被他这么一提升，就完全变成了一次高规格、高水平的研讨会了！

"那就把参会对象也遴选下吧。"王副校长补充道。

袁宏伟下班来到车库，坐在驾驶位上，并没马上发动车子。他心想："没想到刚才看到的那个三年前跟自己一起在团支书培训班上熟识的盛名，如今已经升为副处长了，可自己现在还只是一个小小的基层学校德育处的副主任。唉，人比人气死人哪！"同时，他也暗暗激励自己，一定要好好搏一搏，迎头赶上。

第二天，方春萱上完两节课回到办公室，发现桌上有一张参会通知书，下面附有会议讨论议题与内容。落款是崇礼中学校长室。她问老董，老董把刚才袁宏伟来办公室发通知时的话给她复述了一遍。再仔细看看中考体育考试的备选项目，共为六项：跳绳、立定跳远、跳高、排球、游泳、长跑（男生一千米，女生八百米）。其中最后两项为必考科目，其他四项为选考科目，而总分也由原来的30分增加到了50分。

"这游泳怎么可以列为必考科目呢？我们古城区受校园面积所限，运动场地与设施设备普遍不完备，绝大多数学校都没有游泳池或游泳馆。这不是为难学生与学校吗？"方春萱对老董小声嘀咕道。

老董诡异地一笑："可是外面有的是游泳馆哪。"

方春萱这才回过神来：原来如此！

"你想，每一年每一届，所有学生都进全市各家游泳馆学习游泳，那是多大的商机呀！还有泳衣、泳裤、泳帽等装备，以及因之而带动的饮食消费等。"老董继续点破道，"这要为本市的GDP做很多贡献啊！"

难怪有人说教育也是一项产业。方春萱心想："我现在可算是领教了。"

当天的研讨会开得十分顺利。与会者积极发言,有序争辩,气氛热烈。有几位平时沉默寡言的班主任在会上也侃侃而谈,宣讲了自己的一大套意见与建议。这明显是被事先"辅导"过的。倒是方春萱只是礼节性地、无关痛痒地应付了几句。

列席会议的督导组领导与王副校长也都十二分地满意。因为所有与会人员都清楚,这只是一种形式与表演而已。

转眼又是周末,方春萱感到匆忙而充实。为反馈市教育局对崇礼中学为期一周的督导工作情况,下午第三节课后,召开了全校教职员工大会。

会上,先是由本次督导组的工作人员分条线对班级管理、学科课堂教学等做逐一点评。课堂教学这块是钱书豪点评的,他对自己的老师方春萱的语文课堂教学给予了高度评价。而后,市教育局督导室吴主任对崇礼中学近年来在教育教学管理、师资发展、干部队伍作风建设、后勤服务与保障、办学业绩等方面进行了全面评估,称赞崇礼中学全面贯彻党的教育方针,站在文化立校的高度,本着发展好每一位学生的宗旨,工作扎实,业绩卓著,深受业界与社会各界的赞誉。因此,本次综合督导等第为"优秀"。

坐在吴主任旁边的王副校长始终面带微笑。他表面上不动声色,可内心早已乐开了花。这可是他主持学校工作以来,首次接受上级主管部门的评估,其结果对他的重要性是不言而喻的。

而坐在下面的袁宏伟,在吴主任报告完毕的一刹那,便带头热烈地鼓起了掌。接着，全场想起了雷鸣般掌声。可方春萱却总感觉吴主任的报告全是空话套话，这样的评价，放在哪一所学校都可以。

最后，王副校长代表崇礼中学致答谢辞，并照例表了一通以后要再接再厉，戒骄戒躁，争取更上一层楼之类的决心。

六

又是新的一周。

方春萱居住在城西郊外的别墅区,而学校位于古城区的东北部。所以她总是自嘲说,自己每年每月每周每天都是迎着朝阳上班,因此内心充满阳光,满满的都是正能量。

周末,女儿从寄宿制的新区外国语学校难得回家。一周只有一次照料女儿的机会,方春萱内心感到歉疚,于是她便抛开一切事情,当起了专职母亲。精心制作饭菜、陪女儿逛街、散步等。方春萱硬生生把双休日过成了双忙日,两天下来,也着实把她累得够呛。

但一到学校,她总是精神饱满的。面对学生,她更是热情洋溢的。

"庆历四年春,滕子京谪守巴陵郡。越明年,政通人和,百废具兴,乃重修岳阳楼……"

方春萱刚上教学楼三楼的走廊,还在楼梯口时,就远远地听到自己班里传来了一阵琅琅读书声。她的嘴角不经意间牵出一丝会心的微笑,她甚至可以想象学生们读书时那专注入神的情态。

她认为，这是现行初中语文教材中最好的一篇文言文。那份博大的胸襟，那份心系苍生、忧乐天下的情怀，那份思接千载、神游万里的情思，还有那行云流水的文笔与波澜起伏的情感，无不让人啧啧称奇、深深折服！可以说，这是一篇超越时空且历久弥新的千古奇文。所以，每届学生，方春萱都要给他们花上整整一星期的时间，细细读，慢慢品，并吟咏成诵。

"嗟夫！予尝求古仁人之心，或异二者之为。何哉？不以物喜，不以己悲，居庙堂之高则忧其民，处江湖之远则忧其君。是进亦忧，退亦忧。然则何时而乐耶？其必曰'先天下之忧而忧，后天下之乐而乐'乎！噫！微斯人，吾谁与归？时六年九月十五日。"

站在讲台前的方春萱，分明看到学生们读到此处，无不摇头晃脑，拖音拿调。如果给他们换个国学课堂，身穿长衫头戴方巾，那简直就是一个个不折不扣的年少士子了！

作为一名钟爱传统文化的语文老师，方春萱对此十分自鸣得意，甚至有点儿自我陶醉。她觉得，所谓文以载道，那些文质兼美的上乘之作，就应该让学生在这样的声情并茂的诵读中，潜移默化地去体悟其文化内涵，陶冶其思想情操。而反观当下，因为急功近利，语文课却上成了纯粹的知识传授课，乃至让学生死记硬背的课。这实在是语文教学的悲哀，让人痛心疾首。

可是，当方春萱的目光扫视着全班学生时，她突然发现，混在人堆里的凌云表情僵硬，嘴巴紧闭，目光呆滞，一副神不守舍的样子。

莫非这孩子还在为留学的事跟他父亲闹矛盾？方春萱的心头掠过一

丝疑惑。但因为又要下课上课的，也就没有立马去过问。

今天第一节是自习课，所以回到办公室，方春萱便定定心心地泡上一杯茶，悠悠地喝了起来。

侧脸看看老董的办公桌，居然空着。怎么啦？记得上周老董跟自己说起过身体不舒服，周末的时候自己还想打电话关心一下的，可是因为忙于照顾女儿，后来也就忘记了。今天老董没有上班，他会不会有啥问题呀？

方春萱越想越不安，于是就拿起手机拨了过去。可电话里是持续的"嘟嘟"声，没人接。以方春萱对自己师傅的了解，要么老董在上班的路上，因为他开车时手机从来都是静音的；要么就是忙着，没空接电话。可现在的老董基本上处于半退休状态，单位和家里也没啥大事要他忙的；再说现在这个点，他能忙什么呢？肯定上医院看病去了，或者就是已经住院了。想到这儿，方春萱有点害怕了，以他们的师徒情意，她真心希望老董能安然无恙。

一时无法联系到老董，方春萱就边喝茶边随手翻看起微信朋友圈来。一个周末，也就两天时间，这朋友圈里的动态简直爆满了。一般同事的、家长的、朋友的，她都一掠而过，骤然间，她居然看到老董发的一条朋友圈动态。在她的记忆里，老董是极少在朋友圈表达情绪的，可如今他居然发了这么一条：

人生：一岁，闪亮登场。十岁，天天向上。二十，远大理想。三十，基本定向。四十，处处吃香。五十，奋发图强。六十，告老还乡。

七十，打打麻将。八十，晒晒太阳。九十，躺在床上。一百，挂在墙上。

这分明是对人生的深微感慨啊！一看发送时间，是周六晚上十点零五分。略一沉思，方春萱感觉有点儿不对劲，便继续回溯搜寻老董的其他信息，竟然又是一条。时间是周日晚上十一点：

好好活，慢慢拖，一年也有十万多。

这可是婉转地表达对自己健康状况的担忧呀！这回，方春萱彻底地慌了。她立马又拿起电话给老董拨了过去。这次终于接通了。

"喂，是小方呀。"电话那头，老董的声音显然有些疲惫，"我在医院检查呢。这回可能真有问题了。"老董深深地叹了一口气，然后把自己周五晚上突然发烧去医院挂急诊，以及医生建议他住院进行全面检查的事情全都告知了方春萱。

"具体哪个部位出了问题？检查结果出来了吗？"方春萱很着急，十分关切地问。

"肺部感染，疑似有肿瘤。"电话那头的声音显然很颓丧，"医生说先挂水观察一周，如果肺部阴影部分缩小，可以排除恶性肿瘤的可能。"

方春萱放下电话，感觉到了事态的严重性，可一时也不知怎么帮助自己的师傅才好。沉吟片刻，她又给老公拨了个电话。她把事情的原委说明之后，便让老公动用关系，帮老董找个专家，进行会诊。然后，她也只能静静地等待，等待老公那边的消息，等待老董那边的消息，并默默祈祷自己的师傅能吉人天相，逢凶化吉。

上完连续的两节课已是中午时分。回到办公室，方春萱发现桌上又是一张德育处袁宏伟发来的纸质通知，说是中午十二点半召开初三班主任紧急会议，部署关于一模考试的事宜。

"唉，中午想去医院探望老董的事只能泡汤了。"方春萱无奈地想。

中午开会的时候，方春萱接到了个陌生电话，原来是凌云的后妈打来的，说是放学后想来见见方老师。方春萱联想到凌云那副魂不守舍的样子，断定其家里必然有什么事情发生，便答应了。对方又说为了方便说话，想要邀请她到校门口斜对面的一家咖啡店见面。方春萱迟疑片刻，便说，校外就不去了，可以让对方来学校小会议室见面。

会议一结束，所有初三班主任都集中到方春萱那个大办公室，围着袁宏伟七嘴八舌地说话、调侃。在所有毕业班班主任中，袁宏伟是年龄最小的一位；加上他性格开朗，开得起玩笑，跟大家关系都很亲密；再说，现在他又在单位混得风生水起，大家自然跟他更加熟稔。

"我说小袁呀，以后开短会时，尽量安排在放学后或者大课间。中午时间，大家都昏昏沉沉的，我们要休息一会儿的。"一位年龄稍大的老师提醒道。

"还有呀，最近每到放学后，总会发现一群男男女女的学生在校园的角落里钻出钻进，有的还搂搂抱抱的，其中有一部分是我们初三的。"另一位在一旁调侃道，"你可要管管呀！否则，到时候极有可能会让你年纪轻轻的，就当上个爷爷或者外公什么的。"

"现如今，有些学生学不进功课了，那心思自然就在恋爱呀、穿着打扮呀这些乱七八糟的事情上了。"一位班主任也插嘴了，"到了这个阶段，每届学生都一样，循环往复！"

"说到穿着打扮，我看主要是我们袁主任的反面榜样在起作用。"冷不丁地，袁宏伟平时的一位哥们儿冒了出来，"你看他，本来就肥硕，前两天居然还剃了个板刷头。如果再戴上副墨镜，简直就跟黑帮老大没啥两样啦！"

此话一出，逗得大家都冲着袁宏伟哄笑起来。不过袁宏伟一点儿都不生气，还笑眯眯地自我解嘲说："只要大家开心，我就牺牲一回吧。"

大家欣赏的就是袁宏伟这点脾气与风度，开得起玩笑，经得起讽喻，即使偶尔过头了，他也不生气，像个大男人的样儿！而袁宏伟呢，也把它看作是与同事同伴关系的润滑剂。想要往上走，有发展，连点儿胸襟与气度也没有，那怎么行？

每每这个时候，方春萱往往是一位旁观者。在她看来，老师们所关注的都是教育教学管理中具体而微的点滴，而正是这些点滴，展现了最为原生态的教育教学面貌。如果在管理中能把这些点滴做具体、做细致了，那么我们的教育教学也就扎实有效了。只可惜，依据自己对袁宏伟的了解，对于今天老师们所提出的问题，除非王副校长与其他校级领导也发现并指出，否则，他定然只是姑妄听之，绝不会采取什么具体措施予以改进的。试想，领导看不见或不重视的事，做了，不等于俏媚眼做给瞎子看——白做吗？而这，也正是当下学校乃至整个业界管理的通病：一切为得到领导肯定或取悦领导而做，一切为彰显政绩而做。

放学后，方春萱独自坐在学校小会议室，静静地等待凌云后妈的到来。

没有了学生的校园，空旷寂静得出奇。北侧窗之外，是一方小游园，假山池沼，亭台楼阁，花木扶疏，曲径通幽，一派江南园林的风味。临近期中考试，小游园西南角的亭子里，有几个貌似初一或初二的小女生，在互背着英语单词。不时地，还有几个迟归的学生穿过。看着夕阳斜照下的这幕景象，忙碌疲惫了一天的方春萱倍感舒心惬意。

凌云后妈在方春萱对面一坐定，还没讲满三句话，眼眶就红红了。一打听，方知其丈夫因受本市下面一县区级开发区某位副书记被双规牵连，以行贿罪嫌疑，于上周末深夜被警方带走了。

这消息着实让方春萱大为惊讶。她心想，真是一波未平一波又起，这出国留学的风波才平息，居然又冒出这么一件麻烦事情！在这临近中考的关键节点上，让凌云如何接受呀？

"那孩子的亲妈呢？"方春萱想，在此特殊时刻，唯一能抚平孩子心灵创伤、给他以安慰与安全的，只有其亲生母亲了。

"自从和他爸离婚以后，她就去加拿大了。"

这又让方春萱吃惊不小。难怪凌云他爸与后妈要竭力送孩子去加拿大留学，原来是为了甩包袱哪！不过，她又感到疑惑：明明是一个跟自己亲生母亲团聚的机会，凌云为何死活不肯去呢？但她也不便多问。

"现在这孩子一放学便将自己关在房间里，说是做作业。"凌云后妈幽幽地说，"回家也没有一句话，我真担心他会出什么问题。到时可怎么向他爸交代呀？"

"那你多关心关心他。明天早上我也找他谈谈。"方春萱一时也束手无策，只得如此不痛不痒地应付道。

　　开车回家的路上，方春萱满脑子都是关于凌云的事，她是真的担心这孩子受刺激出现什么状况。因为这样的事情，多年前她也曾遇见过。十多年前，也是临近中考的那个学期，她执教的那个班上，有一位女生连续在作文上抒写关于幻境呀、死亡呀之类的奇奇怪怪的事情与场景。当时也许是因为自己不是班主任，也许是因为年轻，方春萱居然只把它看作小女生的小幻想与小情绪的宣泄。可就在离中考不到一个月的时候，那女生竟然在家里开煤气自杀了。事后，她才知道，那女生因为父母闹离婚，家里经常被闹得鸡犬不宁，其内心无比郁闷，久而久之，便选择了死亡来逃离这个让她困惑、烦恼与痛苦不堪的世界。

　　这段往事成为方春萱从教生涯中一道难以愈合的伤口，至今想起，仍让她隐隐作痛。从此，她时刻警醒自己，学校教育无小事，一定要关注学生的异常情绪，呵护学生的心灵健康。现在，面对着凌云，她的这种意识越发强烈。

　　于是，回到家后她又拨通了凌云后妈的电话，对凌云进行了一番心理安慰与疏导。这番通话足足持续了一小时。

七

周二的早读课时间，方春萱把凌云叫到教室外面的走廊中，一边关注着班级的早读情况，一边跟他谈话。

其实，对于凌云的情况，方春萱早已一清二楚。现在她只是想通过面对面的交谈，察言观色，判断孩子的思想状况与情绪波动，进而采取进一步的干预措施。值此中考之际，她是真的担心来自各方面的不良情绪对孩子产生负面影响。好在一番交谈之后，方春萱感觉凌云的情绪还算稳定。也许，昨晚孩子在电话里的失声痛哭，已如火山爆发一般将那股积压于心底的恐惧与悲伤全都宣泄掉了吧？方春萱这样想。

早读结束铃声响起的当儿，袁宏伟从初三（5）班教室出来，见到凌云，只是漫不经心地斜瞄了一眼。望着走廊里袁宏伟渐渐远去的背影，方春萱心想：如今凌云的父亲因行贿罪进去了，不知小袁主任有何感想。

方春萱上完一节课，利用课间操时间偷个懒，回到办公室稍事休息。

她打开手机，发现有个老公打来的未接电话，再一翻微信，有一条长长的信息。看完信息，她舒了一口气。在西北出差的老公通过远程疏通关系，帮老董请到了一位国内顶级的心肺科专家前来会诊，时间就在本周末。昨晚方春萱赶到医院探望老董，谈吐之间，发现师傅虽然脸色苍白，但精神状态还可以，现在又有了这个好消息，她心里就踏实了。

这时候，校长办公室的主任来电话了，说下午学校为各学科外聘的学科专家即将首次来校。利用下午第四自习课的时间，学校将安排各位专家与各教研组组长集体见面，然后，分学科组给老师们做首次指导。方春萱是语文教研组组长，属于被安排之列。

"我们学科的专家还是那位贾院长贾专家呀？"通话结束前，方春萱顺便打听了一句。在得到对方的肯定回答后，方春萱苦笑了一下，无奈地摇摇头。

其实这位贾院长是省教科院前副院长，现任省教育协会会长。据说早年他在本省的某偏远山区教书，还发表了多篇很有质量的论文。当年因为课讲得好，又能说会道，还有省教科院领导的提携，他被评上了省特级教师，并立马被上调到省教科院，一步步爬到了副院长的位子。退休后，贾院长不甘寂寞，依然发挥余热，擎着"特级教师"与"教育学会会长"两块金字招牌，游走于全省的各基层学校，讲学、指导，混得风生水起，感觉比退休前更像个专家了。

方春萱是通过在省城的同学才了解到贾院长的详细情况的。而贾院长之所以能到吴城市各中小学当外聘专家，全是因为受到了市教育局某局长的认可与关照。而且，每次到吴城一趟，他都先后前往五六所学校，每所学校用时半天，甚是忙碌又辛苦。而崇礼中学，这位贾院长也曾来过多次，不过每次都是因各种原因来校走马灯似的逛一圈，或是给全校老师做继续教育辅导讲座。现在，王副校长外聘他为学科专家，则是方春萱万万没有想到的。

看来，这是王副校长接棒以来，继招生改革之后所烧的第二把火。方春萱知道，在市教育局要求各校"争创特色教育""个性化教育"的号召下，这把火烧得还是挺及时、挺应景的。

其实，对于当下基础教育界专家横行、强人出没的现象，方春萱和其他老师一样，实在是很反感的。一方面是因为这些专家完全不了解基层学校的教学现状，所谓的"指导"当然也就成了隔靴搔痒，根本解决不了任何实际问题；另一方面，这些专家大多是一副高高在上的傲慢姿态，实在让人难以接受，更谈不上接纳了。如此情形，往小处说是浪费广大教师的时间，往大了说简直就是干扰教育教学秩序！方春萱心想。

既然这样，为什么包括崇礼中学在内的许多中小学，还要乐此不疲地盛情邀请这些专家前来指导呢？一开始，方春萱和其他老师一样，十分疑惑。后来，还是深谙此道的老董为她解开了谜团。

老董说："上有所好，下必盛焉。这些基层学校的管理者们，首先要对上面负责呀！所谓的特色教育、个性化教育，说白了就是给学校几乎千篇一律的教育进行设计与包装。例如，平日里老师们几乎每天都在做的对学生的提优补差，找些理论依据一解释，就被提升为'分层分类与个别化'教学，这就立马上了档次；再如，校园里每学期的运动会，经过包装就成了学校体育文化节，而文艺汇演、科技知识竞赛、地理知识竞赛等，稍加改良，居然分别被称为'校园艺术文化节''校园科技文化节''国际理解教育文化节'。如果再把这些校园活动一打包，贴个标签，那就更高大上了，被赫然升格为'校园青少年系列文化课程'。"

"这还是比较高雅的说法。"老董又说，"如果再打个通俗的比方，那就好比是厨师制作饭菜。其实，食材还是那些食材，只不过原来主家自制的饭菜比较单一，白饭是白饭，炒蛋是炒蛋。后来主家请来一位新大厨，他能把白饭烧成菜饭与蛋炒饭，把鸡蛋摊成蛋饼，或者制作成葱油蛋花汤之类的。如此一番花样，饭桌变热闹了，食客们感觉新鲜了，旁观者也都感觉稀奇了。但那些食材的营养根本没有也不可能增加。好在人们在乎的是饭菜的口味，至于这些饭菜的营养如何，根本没有也无须去关注了。而主家与大厨正好迎合了人们的这种心理。

"至于那些特色教育与个性化教育的设计与包装者，或者说丰盛饭菜的大厨们，自然就是被请来的专家们。而看客或食客呢，当然就是上面那些大大小小的领导们。只要他们开心了，一切也就OK了！"

"可是，如此折腾，需要不菲的资金支撑哪。"方春萱颇有点儿打破砂锅问到底的意味。

"那是自然。"老董继续解惑道，"你有没有发现，所有搞特色与个性化教育的都是些名校呀。既然上面要创新要花样，自然会有专项资金下拨。"

"也不知道这些专项资金有多少流入了那些所谓专家的口袋。"方春萱有点儿愤愤不平起来，"基础教育资金本就紧张，却还这么浪费！"

老董对这类现象自然也看不惯，可他还是劝慰徒弟道："这个就不是你我能操心的了。做好我们的分内事吧！"

话说到这个份上，老董很想告诉方春萱，这些专家的"出场费"其实是十分昂贵的，每人每次需要五千元，相当于中学一级教师的平均月工资。照此推算，像贾院长那样的专家，花半周时间从省城赶到吴城，蜻蜓点水般地在五六所学校逛那么一圈，每人至少拿两三万的指导费。

老董还想告诉方春萱，这年头谁都不是傻瓜。像王副校长那样的管理者，除了喜欢搞学校管理，还热衷于去博取各种各样的头衔，为的就是给自己多添加几层光环，从而请求像贾院长这样的专家兼教育掮客，也把自己推荐到其他地方去当专家。

但这层窗户纸，老董是无论如何也不会去捅破的。这世上有些事一旦点破了，就会让人索然无味，徒增消极情绪。有时候，还是睁一只眼闭一只眼为好。这大概就是难得糊涂的真谛所在吧。再说，纷繁世界，芸芸众生，因了种种缘由，有人外圆内方，有人外方内圆，更多的恐怕则是游弋于两者之间。他们各有各的生存方式，谁也改变不了谁。

当天下午，方春萱准时参加了专家们与全校各教研组组长的见面会。

一进会议室，她发现王副校长与贾院长两人端坐于圆形会议桌的主席位上，正在亲切交谈。他们面前的果盘里，几颗剥好的鲜荔枝恰似一张张笑脸，迎接着贾院长这位尊贵客人的光顾。圆形会议桌的四周，零零落落地四散着几张陌生的面孔，大概就是今天学校请来的各科专家了。而会议室靠南窗台下的三张方形茶歇桌前，本校两位年轻漂亮的女教师正在倒茶分水果，这显然是王副校长特意安排的。

方春萱坐在几位先到的教研组组长中间，有一搭没一搭地跟大家小声攀谈起来。大家一边漫不经心地攀谈着，一边观察着会议室里的动静，以便随时进入会议状态。在崇礼中学，像这样的候会场景已是司空见惯，老师们自然也修炼得玲珑乖巧了。突然，一个熟悉的中年男子出现在了会议室的后门口。

"洪老师。"方春萱甚是惊喜，轻声问，"你也是来参加会议的吗？"

"是的。"这位洪老师微笑着答道。

我们语文组的专家不是那位贾院长吗？洪老师怎么……方春萱有点儿疑惑，但旋即似乎又明白了什么，"洪老师，你请坐。"说罢，便把他引到会议桌前座位上，并亲自为他端上了茶水。

洪老师是吴城市某高级中学的语文特级教师，同时又是享受教育部特殊津贴的语文教育专家。他在单位并无任何管理岗位，至今仍然担任着两个高中班的语文教学工作，是个名副其实的一线教师。方春萱早年就熟识他，并时常向他讨教语文教学中的问题。后来，他被评上了特级教师，方春萱出于尊敬，按照吴城当地老师们的惯例，称他为"洪特"。可当时对方说："小方老师，你还是叫我洪老师吧。这样我听着自在。"时至今日，方春萱还记得洪老师当年对她说的这句话。这让方春萱大为感动：成果丰硕却十分低调，声誉卓著仍坚守教学一线岗位。这才是真正的专家，真正的特级教师哪！

大家都陆陆续续地坐在了位子上，并迅速安静下来。等两位年轻漂亮的老师把最后一杯茶水端到与会者面前后，王副校长便宣布会议正式开始。

"各位老师，今天我们很荣幸地邀请到了来自全省的各位教育教学专家，莅临我校指导。首先，让我们以最热烈的掌声表示欢迎！"

也许是受了王副校长高涨热情的感染，整个会议室响起了雷鸣般的掌声。

"下面，请允许我向大家介绍各位专家。"王副校长很郑重地站起身，"坐在我旁边的这位，是德高望重的省教科院原院长贾院长，也是我们崇礼中学此次校外特聘学科专家团的策划者与组织者。"

方春萱这才恍然大悟。原来这一切都是拜他所赐呀！

接着，王副校长依次介绍了各位学科专家。每介绍完一位，他都故意停顿一下，以便让大家鼓掌欢迎。而在座的各位也十分配合十分应景地报以热烈的经久不息的掌声。

介绍完毕，王副校长对此次崇礼中学聘请校外学科专家以指导各科教学的目的、意义等进行了详细阐述，并对预期的成果进行了美好的展望。最后，还对活动的内容与过程进行了具体部署。

见面会结束后，各教研组组长引领着本学科的专家分别步入了事先安排好的场所，对各学科教师进行第一次指导。

方春萱和洪老师一起下楼，来到了底楼的一间小会议室。洪老师因为是本市的，跟大家都很熟稔，所以与所有语文老师一一打过招呼后，便笑眯眯地静坐在方春萱给他安排的主席上。他从背包里取出两册语文书和一台小型笔记本电脑，放在桌面上。

大家刚坐定，正准备就具体教材请洪老师答疑解惑时，小会议室的门吱呀一声被打开了。但见王副校长亲自领着贾院长走了进来，把他介绍给大家，并强调：贾院长和洪老师为崇礼中学语文学科的特聘指导专家，而洪老师就是贾院长介绍的。于是，全体语文老师报以雷鸣般的掌声。

王副校长离开后，方春萱作为今天的主持人，简单的开场白之后，便改变计划，首先邀请了贾院长给大家做指导。

"各位老师，很高兴能和大家一起探讨语文教学。"贾院长一改刚才见面会上不苟言笑的严肃表情，露出一丝笑意，"洪老师是语文专家，我们就先请洪老师说说吧。"

贾院长的普通话带有浓重的方言口音，他所说的"说说"大家听起来像极了吴城方言中的"叔叔"。此后，他每次来校做指导时，都是先让洪老师"说说"的。于是，崇礼中学的语文老师们便戏称他为"贾叔叔"。

洪老师似乎心领神会，他也没有过分客套，而是直奔主题，请老师们就教学中各种各样的困惑进行提问，他则在电脑上一边记录，一边不时地对老师们提出的问题进行反向提问。遇见胆怯的老师，他总是笑眯眯地注视着对方，以鼓励对方畅所欲言。然后，他翻开案头的语文教材，对老师们的疑问逐一解答，具体而微，诚恳耐心，好像他本就是崇礼中学语文教研组的普通一员。

而此刻的贾院长，却在一旁翻看着教材。很显然，他之前没有做任何准备，现在则是临时抱佛脚地加紧熟悉着。老师们见此情形，都惊讶得面面相觑。

等到洪老师跟大家把今天的内容探讨完毕后,方春萱就邀请贾院长给大家继续做指导。

"这个……"贾院长喝了口茶,清了清嗓子,"关于今天所要研讨的,刚才洪老师已经给大家指导得很好很具体,我就不再重复了。"只见他又喝了口茶,"下面呢,我就给大家介绍一下当今语文教学的一些新理念。"

"真会避重就轻,耍奸偷懒哪!老狐狸一只!"方春萱心里骂道。

贾院长这些所谓的教育教学新理念,其实就是从杂志上搬来的当下国内一些教育家在其某篇论著上的摘录,或者是多年前西方某教育家的某段话。而且被游走于各地基层学校的像贾院长一样的人一搬弄,往往是张冠李戴,以偏概全,就变成了放之四海而皆准的教育新理论、新观点。

方春萱觉得,这些新理念,虽然也不乏真知灼见,但更多的是形同"二手玩具"。对于其原理、功用、使用方法,像贾院长这样的专家们其实自己也不是很清楚,他们却抛给了老师们,让老师们自己去琢磨了。而老师们呢,有的反复把玩,将心得变成论文、成果;有的懒得搭理,扔在一边,任其发霉变质,最后作为垃圾清理掉。

不过,这贾院长还算有自知之明,知道自己指导不了老师们,就给大家请来了洪老师这位"货真价实"的"特级教师"。方春萱心想,只要得到真专家的提点,老师们也算没有白白浪费宝贵的时间。

贾院长介绍完新理念,看大家似乎也了无兴趣,便急忙打住自己的发言。不过,最后他还是对大家补充了一句:

"这样啊,老师们,根据王副校长的安排,以后像今天这样的专家指导活动,我们将每月举办一次。"

在场的老师无不暗暗叫苦。

从此,贾院长又多了个外号:贾姨。这是在场女教师们的智慧:每月一次,不是跟例假一样吗?

再到后来,这位"贾专家"在崇礼中学又"收获"了三个称谓:领导们称他为"贾院长",男老师们称他为"贾叔",女教师们则称他为"贾姨"。

八

清明过后,按惯例是春游时间。每年崇礼中学的春游都会安排在期中考试后的第一周,也就是四月底之前。不过今年有了新变化。

按照王副校长的指示,袁宏伟这两天正在忙碌着安排全校的春游事宜。旅行社的选择是不用操心的,因为有条不成文的规定:每年的春游与秋游,市区所有中小学都必须由吴城市教育旅行社统一包办。春游与秋游的目的地也是由教育旅行社统一设计的,不是去西郊的太古湖岛屿上,就是去上海的科技馆与植物园,或者邻城的春秋大城遗址。袁宏伟是老班主任了,几乎每接一届学生,学生们都会跟他抱怨说,这些景点,他们从小学到初中,每个景点轮流转,平均要去三次。好在学生们对于去哪里似乎并不在乎,只要出游那天不上课,没有家庭作业,能够让他们全身心地到校外去放松,他们就很开心了。为此,多才多艺的学生们还编了首顺口溜:

　　春游美,

　　秋游好,

春游秋游都美好。

戴耳机,
玩 iPad
欢声笑语满车厢。
玩哪儿?
不知晓。
吃薯条,
拍美照,
芳草地上把型造。
放心笑,
尽情闹。
加减乘除 ABC,
暂且抛却云霄外。

　　让袁宏伟伤大脑筋的是,王副校长要求本届初三毕业班学生在春游地点集体开展一次励志活动,并再三强调,一定要举办得热烈而隆重,并要求全程录制视频。

　　周三早晨,以德育处名义发出的关于本学期春游的通知,终于被呈现在了方春萱的办公桌上。大意是:本周五全校开展春季社会实践活动,地点为邻城的春秋大城遗址。特别提醒:初三毕业班将于景点所在地举行"迎中考誓师"仪式,要求各毕业班班主任以两个班为单位,自由组合,准备誓言，届时集体吟诵。

这是大概王副校长放的"第三把"火了。方春萱暗想。不过，平心而论，方春萱觉得这是十分必要的。现在孩子的学习生活之所以无精打采，原因之一就是缺乏精神激励与正能量的传递。现如今临近中考，举办这样的百日誓师仪式，实在是十分必要与及时的。只是地点似乎值得商榷，如果将仪式安排在学校或者某个历史人物纪念馆与故里之类的地点似乎更合适些。

方春萱上完课，静静地坐在办公桌前，她正寻思着找哪个班组合呢。这时，袁宏伟来了。

"方老师，你是语文老师，又文采飞扬。"袁宏伟笑嘻嘻地，先是一通恭维，"再说，我们两个班程度相近。所以，我觉得我们两个班组合应该是黄金搭档。"

"哎哟，小袁主任，被你这么一捧，估计我今天下班都找不到自己家的方位了。"方春萱半开玩笑地说道。其实，她也觉得他们两个班组合最为合适，因为他们除了是各自班级的任课老师，还分别教对方班级的语文与数学，对彼此的班级都很熟悉。花两天时间排练誓言，应该没有任何问题。

"那我们就这样定啦！"袁宏伟是个机灵古怪之人，看方春萱没有拒绝，便赶快敲钉转脚，"我今天布置我们班的语文课代表、你的得意门生去写誓言，然后拜托你修改吧？"

方春萱沉吟片刻，补充道："我也让我们班语文课代表去写，然后，把他们的整合一下。"

"啪！"袁宏伟打了个响指，同时说了声"OK"，便十分高兴地转身离开了。

望着袁宏伟远去的背影，方春萱的脸上露出了甜甜的笑意。也许是年龄与性别差异的缘故吧，说真的，方春萱除了对袁宏伟有时做事不讲原则外，还是挺欣赏他那种热情、开朗灵活的处事性格的。

中午的时候，方春萱收到钱书豪的一条微信：

"方老师，因工作需要，我已调至局人事师资处，具体负责教师职称与称号的评审工作。本部门归沈副局长分管。另外，本年度我市中小学'名教师'评审工作已经启动。特此告知。"

方春萱知道，钱书豪一是告知他的工作变化，二是在给自己通风报信，提醒自己尽早做好申报"名教师"的准备工作。同时，他还特意提到沈副局长，明摆着是在暗示她：如若申报"名教师"称号，还会有人照应着自己呢！

按照吴城市中小学业务称号序列，依次为：区县级学科带头人、吴城市级学科带头人、吴城市名教师。如此逐级提升，再往上就是省级与国家级特级教师了。方春萱现在是吴城市级学科带头人，申报"名教师"自然是她的夙愿。

也许是受同为教师的父亲的影响吧，自从教以来，方春萱最大的愿望就是当一名优秀的语文教师，所以她对业务之外的得失，从不介意，更不计较。现如今，学校教师的各种荣誉称号名目繁多，诸如：优秀共产党员、优秀教育工作者、优秀班主任、优秀团队负责人、教科研先进工作者……这些荣誉称号的名额，每学年教育局都是配额到学校的。学校往往根据本校教师的教育教学业绩，同时兼顾老师们评审职称的需求，并充分考虑其他各种因素，加以平衡，确定人选，予以上报。

谁都知道，较之教学业务类的荣誉称号，其实它们并没有多少含金量。唯有那些"学科带头人""名教师""特级教师"之类的称号，才是高要求、严遴选的，更不可能是配额的。

而"名教师"是吴城市教育系统中最高级别的业务称号，其申报过程十分严苛：先是个人对照条件自行向学校申报；然后学校做初步审核，符合条件的，通过全体教师民主测评与学校推荐后上报市教育局；接着，市教育局组织考评专家到学校以听课、资料审核、师生访谈等形式予以考核；再接下来便是对通过以上考核的申报人集中进行业务答辩；最后报相关部门审批公示。每个环节就是一道关口。方春萱知道，如若申报，自己必须过五关斩六将，其艰难是可想而知的。而且，所有这些还只是明面上的。这期间不知还有多少你根本看不见或无法看见的因素制约着呢！

但方春萱向来是抱着尽人事而听天命的态度，去面对这纷繁世事的。对于自己在乎或心仪的事物，你参与了，追求了，尽力了，即可。至于结果，就听天由命吧，何必执念呢？也许正是因为这种态度，她在工作与生活中总是不急不躁、从容淡定。她带第一届学生时，那些跟她关系都比较亲密的家长，私下里都这样评价她：年纪轻轻的，连婚还没结，为人处世就这么从容得体，一副少年老成的意态。

"好的，谢谢你的告知与提醒。祝你在新的岗位上工作顺利！"方春萱礼节性地回复了一条信息，还发了个可爱的表情。但内心深处，她还是挺感激自己这位学生的好意的。

放学前，袁宏伟又特意来找方春萱商量，说他打算今天放学后，将他们两个班的学生留半小时，排练下周五春游时宣誓的队形，并且每班确定一位人选领诵。

方春萱沉吟片刻，就推荐了凌云，因为她觉得这孩子天生一副好嗓音，平时朗读课文又极富感情，是块好料。再说，凌云这阵子情绪低迷，也可以借此机会提振一下他那萎靡的精神状态。

学生们听说周五春游，都很兴奋。他们一边排练，一边商量着春游当天如何找乐子的事宜。以袁宏伟的噱头，忽悠学生开心是小菜一碟。整个排练过程中，袁宏伟就像打了鸡血而热情高涨的导演，他每抛出一句话，整个队伍都会发出一阵阵哄笑声。这声音此起彼伏，仿佛潮水般在校园里喧响回荡，惹得其他班级的学生们纷纷前来围观。

方春萱将两位学生的宣誓稿分别给学生现场试过，感觉不是十分满意。于是她便以自己班上的语文课代表的草稿为蓝本，再融合袁宏伟班的，当场修改定稿，并现场调试，感觉甚是满意。

第二天放学后，方春萱与袁宏伟又进行了一次彩排。这次的主角是方春萱，她就誓言吟诵过程中的仪态表情、语气语速、情感节奏等方面的细节问题进行了规范。方春萱是一个注重细节与追求完美的人，这点倒与袁宏伟的粗犷奔放、不拘小节形成了互补。

回到家,方春萱已经累瘫了。她摆出最放松的姿势,斜靠在柔软的沙发上。

每当像现在这样疲惫不堪的时候,她的内心深处便会冒出一个声音质问自己:如此克勤克俭地工作,有必要吗?犯得着吗?正如几个知心密友所言,自己老公事业有成,家庭经济条件堪称优越,完全可以将工作应付了事,舒舒服服地混在人堆里,得过且过。如此,多轻松自在呀!再说,这教书是一份弹性很大的职业,工作中你只要能说服得了自己,凡事便可以粗糙点儿、马虎点儿,也不会有人跟你计较。其实,自己的身边也不乏这样的例子。她们把老公和孩子服侍得无微不至,将家庭照顾得妥妥帖帖;在单位呢,她们却尽量要求减轻工作量,即使减不掉,也会想方设法自我放松。与自己相比,她们的日子多滋润呀!

可这样的情绪只是暂时的。

第二天,当她走进教室,面对着讲台下那一张张鲜活可爱的孩子们的脸庞时,她又会满血复活,精神抖擞。方春萱知道,这是同为教师出身的父亲的熏陶,工作后师傅老董的耳提面命,以及近二十年来严于律己的惯性,造就了现在的自己。

记得刚工作的时候,父亲曾对自己说过这样的话:这世界上有两份职业是良心工作:一个是医生,一个是老师。一个缺乏良知的医生所耽误的是病人的病情乃至性命;同样,一个昧了良心的老师所葬送的则是孩子的前程。父亲的教诲,方春萱铭记于心。

周五一大早，崇礼中学所有初三师生都沐浴着晨曦，陆续赶到学校。按照惯例，大家一定要赶在吴城上班早高峰来临之前，才能确保所有春游车辆顺利出城。方春萱赶到学校时，发现学校大门口的马路两侧早已停靠着三十多辆大巴车，一律按班级番号依次排列，秩序井然。在学校门口，教育旅行社老板正与王副校长有说有笑地攀谈着。

教育旅行社老板是一位上了年纪的老者，弯弓曲背的，看样子已经七十出头了。据说二十多年前，时任教育局局长是他的小舅子，于是就把转制的教育旅行社交给了他经营。从那以后，吴城市区所有中小学生春游与秋游的业务，全都被他包揽了。再加上每年暑假各校教师的外出休假呀、培训呀之类的，让他赚了个盆满钵满。后来，他那小舅子升职去了市委，靠山变得更硬了。如今，他的小舅子虽说已经退居二线进了市人大，但这家旅行社依然由他经营。唯一美中不足的是，据说他的儿子很不争气，不能子承父业，所以都这把年纪了，他只能亲历亲为。

方春萱找到了自己班的大巴车，她站在车门口，迎接着每位学生的到来。

学生们个个阳光灿烂，背着鼓鼓囊囊的大包小包，有说有笑地陆续上了车。待到方春萱清点完人数，准备跟司机师傅说"出发"时，只见有一位学生模样的女孩上气不接下气地赶了过来，奔进车内，一屁股坐到了导游的座位上，然后歉意地跟方春萱说道："对不起，我来晚了。"一问，才知道她是旅行社分配到自己这辆车的导游。

这是多年来方春萱司空见惯的事情了，所以一点儿也不惊讶。旅行社老板为了节省成本,每逢春游与秋游,总会临时到本市的旅游职业院校去招一些在读学生过来,分配到各辆车上,充当导游。事实上,这些"导游"的唯一作用就是在到达游玩目的地后,帮助各班主任整队、清点人数,然后把学生们引领到景点入口处。仅此而已。因此,这些导游说白了也就是旅行社廉价请来的"装饰物"。所以,方春萱对于今天这位女孩的迟到当然不会计较,对她的歉意也只是报以淡淡的一笑。

一个半小时后,方春萱带着学生们终于抵达了春游目的地:春秋大城。

这是一座春秋古城遗址公园,其面积达五平方千米。整个公园绿水萦绕,土墙逶迤,植被丰茂,它以现代的方式向游人展示着五千多年前城邑的面貌。整个公园被分为两大部分:东部为春秋古城街巷风貌与民风民俗展示区,以及现代化的休闲娱乐区;西部则为春秋大城的遗址。

崇礼中学三十多辆旅游大巴在公园大门前的停车场一停泊,便将所有学生如活蹦乱跳的河鱼般,悉数倒进了宽阔如湖的公园里。才一会儿工夫,学生们便全都四散在公园的各处了。

按照学校的事先安排,所有毕业班的学生到达公园后,要集中到公园西部的一片大草地上,举行宣誓仪式。所有初三老师和中层以上领导将前往观摩。方春萱与袁宏伟两个班级是最先到达的。学生们迅速集合整队,彼此检查仪容仪表。等到最后一个班赶到时,方春萱与袁宏伟已经给他们的学生彩排一遍了。

按抽签顺序,方春萱与袁宏伟两个班的组合首先上场宣誓。学生们一片惊叫。这前无铺垫后有追者的,自然让大家颇感压力山大。如果得不到好成绩,在整个年级丢脸不说,也对不起这两天来的精心准备与辛苦排练呀!

"不要担心,我们肯定第一!"这是标准的袁宏伟的鼓励风格。

"淡定。"方春萱开口了,"咱们赢得了,也不惧输。尽力就行!"

宇宙洪荒,

天圆地方,

四海沧茫。

演出正式开始。凌云与袁宏伟班那位女生的领诵,以其浑厚洪亮的气势,瞬间震住了全场。王副校长也不禁为之一愣。

忆往昔,

吴越自古风流地,

春秋争霸逞英豪。

会稽山头,姑苏台上,扬子江畔……

盛开着漫山遍野的英雄故事,

澎湃着滔滔不绝的壮志豪情。

齐诵同样激情昂扬。

王副校长心想,如此诗情盎然,文采斐然,一看便是方春萱辅导的杰作。看来,教科研这头的工作是应该交给她了。

啪啪啪!

此刻,袁宏伟大概被自己班孩子的出色表演感动了,他带头鼓起了掌。随即,全场所有人也发出了热烈的掌声。

看今朝，

　　莘莘学子出征程，

　　三载利剑终出鞘。

　　书本堆山，作业似海，考试如潮……

　　任海天风雨奋力搏击无怨悔，

　　望一轮红日天高地远学夸父。

　和其他在场的人一样，方春萱真的被孩子们深深地感动了。当文字被似火的热情与专注的情感所演绎时，这文字便融化成奔流的热血，在每个孩子的血脉里汹涌。

　望着孩子们一张张热情洋溢的脸庞，方春萱的眼眶湿润了。

　　天圆地方，

　　四海沧茫。

　　方方正正为人，

　　踏踏实实做事。

　　今天，我以崇礼为荣；

　　明天，崇礼以我为傲！

　收尾，升华到育人的高度，妙！

　孩子们的吟诵声刚落，王副校长便带头鼓掌致意，赞赏之情溢于言表。

　宣誓仪式结束已近中午。和初一初二一样，初三的学生们便都各自四散开来，被放养在公园里自行游玩去了。

　午饭过后，方春萱并没有像以往一样混在教师队伍里四处闲逛或是找个茶馆坐下喝茶,而是跟凌云一起散步、聊天。凌云呢,也没有像别的孩子那样在她面前腼腆拘束,而是开开心心的,精神极其放松。也许,这孩子是缺乏母爱的缘故吧?方春萱心想。

突然间,他包里的手机震动了一下。一看,原来是师傅老董发来的微信:"会诊刚结束,看来没啥问题。一周挂水下来,肺部的阴影也缩小了。准备本周末出院,躺在医院的日子太难熬了,没病也会憋出病来的。"

方春萱长长地舒了一口气,压在她心中的一块石头总算落地了。她刚想把手机塞回包里,老董又发来一条微信:"代我谢谢你老公,遇见你这样的徒弟,也是我的幸运。"方春萱的嘴角牵出几丝淡淡的笑意。她知道,师傅这次受惊吓不小。唉,看来师傅真的老了,也变得多愁善感了。联想到上周末刚住院时他在朋友圈发的那些信息,方春萱不禁这样想道。

"拜见吾主!"当方春萱来到仿真的春秋街市的一个十字路口时,冷不丁地冒出了一群身穿古装的学生,排成一队,双手合十,弯腰曲背,向自己施礼。

方春萱先是一愣,随即扑哧一声笑出来。原来是自己班上的一群孩子在跟她打招呼开玩笑呢!

"众卿免礼!"方春萱故作严肃,摆出一副"吾主"之态,也对孩子们幽默了一把。

这下孩子们也乐了,笑作一团。

笑声荡漾,溢满了整个公园。

九

新的一周是考试周。

初一初二是期中考，初三则为一模考。因为按照吴城市历年来形成的不成文规定，每到这个时候，全市各四星级高中的新生预录工作，将于一模考试后正式拉开序幕。因此，所有毕业班学生、老师及家长，都十分重视。

方春萱和往常一样，早早赶到了学校。一进校门，她发现袁宏伟已经端端正正地站立在校门口值班了。

"方老师真早。"袁宏伟笑嘻嘻地主动和方春萱打招呼。

方春萱嫣然一笑："小袁主任今天督导呀？"语毕，感觉自己明知故问，暗自好笑。

全员督导，是当年沈校长在崇礼中学时，所独创的一项教育教学管理特色举措。为了强化管理，学校规定每天安排一位校级领导、一位中层领导和三位教师，全天候负责校园的日常管理工作。要求每天督导老师最早到校，最晚离校。袁宏伟今天负责督导工作。据说，崇礼中学的这项被称之为全员督导的校园管理新举措，去年被吴城市教育局所推崇，接下来将在全市中小学推广实施。

方春萱穿过正对着学校大门的一片大理石铺地的小广场，绕过综合办公楼，来到了位于校园中部的礼耕堂所在地。这是一栋古建筑，坐北朝南，飞檐歇山屋顶；南北落地花窗，东西粉墙壁立。四周树木蓊郁，假山重叠，溪涧流响，亭台点缀，曲径通幽，一派江南园林风味。如今成为校园一景，成为师生们休憩读书的场所。而礼耕堂，则成了崇礼中学这所学校的前身——礼耕书院主人的史迹陈列馆。

崇礼中学位于古城区中心地带，为当年明代中期一位宰相的家宅所在地。据史料记载，这位宰相生于斯，长于斯，后来连中乡试、会试、殿试第一，虽仕途坎坷却官至宰相，且高风亮节。晚年定居京城，便将故乡宅地捐出，委托族长办起了义学，以做同族贫寒子弟的学习场所。到了明末清初，其后世子孙又在原址办起了书院，名曰礼耕书院。到了民国，又改办私立崇礼中学。尽管世事沧桑，但这位名人的家宅却始终被作为办学场所在这座千年古城而保存着，且生生不息，文脉绵延。

有一阵子，古城大拆大建，风传当地政府有意将崇礼中学所在的这一片区作为商贸区统一开发，将崇礼中学迁至古城之外。这可让时任崇礼中学的沈校长大为忧虑，他虽多方奔走呼吁，却了无效果。于是，沈校长通过疏通各种关系，邀请到了省市两级文管部门的有关专家，对校园内这栋礼耕堂及其所在的这处名人家宅遗址，作进一步研究考证，补充相关历史文献资料，搜集散落于古城各处的历史文物，终于将礼耕堂在原市级文保单位的基础上，成功升格为省级文保单位，从而彻底断绝了当地有关部门意欲将这方土地挪作他用的企图。

沈校长的这一举动，受到了吴城市教育界领导与老师的普遍赞誉，大家纷纷称赞他是一位有情怀的好校长；同时为崇礼中学的办学史增添了浓墨重彩的一笔。

方春萱缓步走到礼耕堂前，发现大门已经敞开。这一定是袁宏伟开的，为了给让今天参加考试的那些学生前来礼拜提供方便。方春萱心想。

果不其然，才一会儿工夫，只见三三两两的学生背着书包来到堂前。有的卸下肩头的书包，十分虔诚地在堂内的那位名人像前跪下磕头；也有的虽不下跪，却神情十分严肃地双手合十，口中念念有词地祈祷着什么。

见此情景，方春萱便放轻脚步，默默地离开了。她知道，这是孩子们释放压力的一种正常举动。人到了攸关自己前途命运的关键节点，总是祈求有神明的保佑，总是希望得到某种心理安慰。成人如此，孩子们也不例外。

方春萱来到教室，发现只有零零落落的几个学生。这也难怪，今天是一模考，八点半才开考，比平时足足晚了一节课，孩子们应该安安稳稳地在家睡个懒觉，然后定定心心到校考试。

自本学期开学以来，每当方春萱早读时段到班级，看到学生们一张张因睡眠不足而惨白的脸庞时，内心便隐隐作痛。因为据她了解，像他们初三（6）班的学优班，每天晚上孩子们大多要写作业到近十二点，而第二天早上六点又必须起床，否则绝对赶不上学校七点半的早读。部分学习能力较差的学生，每晚写作业到十二点是家常便饭。试想，学生们的睡眠时间都得不到应有的保障，又怎么要求他们能有效学习呢？而每天中午，本该是学生们自由活动或者自主学习的时段，可事实上常常被一些"认真负责"的任课老师所占用，变相变成了上课时间。

为此，方春萱也曾跟初三年级组和校领导反映沟通过，要求学校出台相关规定，控制学生的作业总量，并严格禁止任课老师中午进班上课，还学生休息与自由的时间。因为她觉得，所谓教育教学管理，就是要随时随地关注学生在校的学习与生活状况，合理安排，科学调配，让学生以健康的身心投入到学习和生活中去。只可惜自己的建议并未起到任何作用，学生们尤其是毕业班的孩子们，几乎每天都是在这样疲惫不堪的状态下到校，学习，然后放学，周而复始，循环往复。有时，方春萱进教室上语文课，发现孩子们疲乏得坐着都打盹儿，便干脆让他们睡上半节课。

方春萱在教室里足足待了半小时，等到班上学生全都到齐了，便关照了几句考试期间的注意事项，才离开教室，回到办公室。

办公室里，一个多星期未露面的师傅老董已经端端正正地坐于办公桌前了。

"师傅，其实你还应该多休息几天的。"看到老董脸色苍白，依然一副病态，方春萱关切地说。

"不要紧，我会注意自己的。"老董淡淡一笑，说是自己"不要紧"，但说话时明显中气不足。

"今天你就负责去上一节课，作业我来帮你批阅吧。"方春萱还是不放心，主动要求道。

"这个不用的。小方呀，这次生病，我已经麻烦你们夫妻俩够多了。"

对于自己爱徒如此体贴入微的关心，老董心里暖暖的。但他立刻转移了话题，"想跟你说个事。学校准备充实教科室力量，拟提拔一位副主任。"

方春萱"哦"了一声。她猜测，这消息肯定是王副校长去医院探望师傅老董时透露给他的，因为无论于公于私，王副校长都很信任和尊敬他。

"校领导考虑提拔你。"

方春萱很是惊讶。因为自从教以来，她最大的愿望就是做个好老师，压根儿没想过要从事什么管理。"师傅，这个我不考虑，真的。你还不了解我呀？"方春萱态度似乎很坚决。

老董看出了她的心思，但同时他也知道王副校长的意思。自己都已经退出管理岗位了，可王副校长却还是把这人事安排的想法告诉自己，不就是要自己先给小方通个气，好让她有个思想准备吗？再说，自己的徒弟也是个有教育理想与情怀的人，如若走上管理岗位，于她于学校都是一件好事呀！

"小方呀，我知道你一向淡泊名利，也知道你对当下校园的某些现象很是不满。"老董十分真诚地开导她说，"可是，想要改变现状，你就得参与管理呀。"

老董的这句话似乎触动了方春萱：是呀，自己只是一个普通教师，人微言轻；可如果以中层领导的身份出现，兴许效果就不一样了。于是，她对师傅说："好吧，让我考虑考虑。"

此刻，方春萱的脑海中忽然浮现出十年前的场景。当时，学校党支部准备发展一批年轻老师为预备党员，时任党支部书记找她谈话，要她积极向党组织靠拢，并提交入党申请书。那时的方春萱刚被评为"吴城市青年学科骨干教师"，被学校看好是情理之中的事，可她在政治上并无追求，也从未萌生过要入党的想法。但碍于情面，她不好驳了领导的面子，最后也就答应了。

回到家，她向父亲提及此事。父亲却对她说："作为一名普通教师，我们入党并不是为了名利，而是可以在以后的人生岁月里，时时处处以党员的标准严格要求自己，规范自己的言行，从而更好地提升与完善自己。"父亲是一位老教师、老党员，为人处世极为方正，他对方春萱的影响是极其深远的。

现在，师傅老董对自己的劝说，与当年的父亲简直如出一辙。这就是老教师们的风采与境界吧？方春萱心想。

当天上午的一模考试是语文，下午有两场，分别是历史和政治。

下午监考一结束，有消息说袁宏伟班上有学生夹带小抄作弊。一打听，是市教育局某处长的儿子。这孩子平时学习态度较差，时常惹事，给任课老师的感觉实在是不佳。但因为有他父亲那层关系，大家对他甚是无奈。如今出了这样的事，明摆着再也无法姑息了。可到底该如何处置呢？这着实让班主任袁宏伟犯了难。

放学前，袁宏伟以班主任身份召集班级的任课老师，在方春萱办公室开了个碰头会，说是要商讨一下对这位作弊学生的处理意见。

"必须严肃处理，否则不足以整肃校纪！"

"其实，这次处分他，也是对他负责；否则，他以后会越来越无法无天。"

"正是因为一直以来对他太姑息了，才使他走到了今天这一步。"

看来大家的意见高度一致哪！方春萱心想。她斜睨了一眼袁宏伟，发现他此刻的脸色特别难看。是呀，这样的丑事落在哪个班主任身上都会让人不爽，更何况他还是管德育的主任呢！

"方老师，"大概是因为尴尬抑或羞愧的缘故，袁宏伟的脸一片潮红，他侧过脸，半是征求意见半是求救似的对方春萱说，"说说你的看法吧。"

方春萱本来是不准备发表什么意见的，因为她觉得在场的其他各位任课老师早就说出了自己的心声。既然袁宏伟非要自己表态，她只能直面了。她沉吟良久，以十分坚决的语气说："我也觉得应该严肃处理，这对学校对学生都是必需的。"

听方春萱这么一说，袁宏伟的最后一点希望终于破灭了。说实话，他真心希望将此事大事化小，小事化了，象征性地对这个学生进行批评教育了事的。可看任课老师们的阵势，是非处分不可呀！尤其是方春萱的这个态度，更让他不知所措。

"好吧，我会把大家的意见向校领导汇报的。到底怎么处理，还是让学校来定夺吧。"最后，袁宏伟只能以这样的方式结束讨论，并悻悻地回到自己的办公室。

"没想到小袁主任年纪轻轻的,套路却玩得这么娴熟。"望着袁宏伟远去的背影,方春萱不禁暗暗感慨道。

方春萱定了定神,又立马向自己班上赶去。放学后,她转身来到走廊里。"方老师!"身后传来了一个熟悉的声音。

方春萱转身一看,发现是凌云,便温柔一笑:"哦,是凌云呀,怎么啦?"

"我爸爸回来了。"凌云显然很开心。

方春萱很是惊讶,不过她还是很为凌云感到高兴的:"太好了!老师祝福你!以后呀,你可以安安心心地读书了。"说完,方春萱便欲转身离开。

"方老师!"没想到凌云又叫住了她,嗫嚅道,"能把你的电话号码给我吗?"他的声音低得简直像从地底下冒出来似的。

"完全可以。"方春萱把自己的号码告诉了凌云,仿佛是要给他壮胆似的,又满脸笑意地柔声说道,"你有事可以给我打电话。"

"谢谢方老师!"凌云半弯着腰,深深鞠了个躬,高高兴兴地转身离开了。

这孩子严重缺乏母爱哪!方春萱的心里酸酸的。

再说袁宏伟回到自己办公室,心里很是郁闷。这个节点上,班里居然有人作弊,明摆着是打他的脸。更何况他还是德育处主任呢!以后再去管理学校其他班级的德育工作,明显就少了底气。再说,出了这档子事,校领导特别是王副校长会怎么看自己?他越想心里越烦躁,便从包里取出烟,斜靠在椅子里,望着天花板,吞云吐雾起来。

半响,袁宏伟才从椅子里直起身子,收拾东西,走出了办公室。外面天色已暗,整个校园被笼罩在一片朦胧夜色之中。站在校园里,袁宏伟的心里空落落的。当他走到行政大楼前,发现三楼王副校长办公室的灯居然还亮着,便又折进办公楼大门,上了楼。

第二天,一份以崇礼中学德育处名义出台的处分意见终于出现在了初三各班主任的办公桌上。其要义是:为严肃校纪校规,给予初三(5)班这位考试作弊的学生以年级口头警告处分,并责成班主任进行批评教育。

什么?如此恶劣严重的事件竟这般轻描淡写!方春萱的心头禁不住冒出一股莫名的怒火。她有些激动地站起身,给自己泡了杯茶,喝了一口,站在办公室门口,漫无目的地伫立好久。然后,才又回到办公桌前坐下。

谁都清楚,这口头警告处分就是不留任何文字记录的处分;而这个所谓的处分,又仅限于初三年级范围之内,对外不声张。另外,所谓的"责成班主任进行批评教育",更是虚得不能再虚的处分意见了。这样的所谓处分等同于没有处分,对这位作弊学生起不到任何批评教育的作用,纯粹是装腔作势。如此轻率地处理一次大型考试的作弊事件,校纪校规的严肃性何在?学校的公信力何在?学校的育人功能又何在?

其实,方春萱早就预料到,因为这位作弊学生的家庭背景,以及袁宏伟的角色关系,小袁主任一定会努力说服校方将此事件的处理降到最轻程度。再说王副校长也一定会考虑到方方面面的关系,考虑到毕业班人心，将此事尽量淡化处理的。

方春萱心里更明白，即使袁宏伟班上的这位考试作弊学生没有什么家庭背景，学校也不会给予相应的处分的。事实上，当下包括崇礼中学在内的一些学校，对学生的思想品德教育已经步入了一个误区：面对违纪犯错的学生，因为害怕一旦处分，有些学生会离家出走，甚至发生威胁自杀之类的事件，从而造成部分不明事理的家长到校闹事，给学校造成所谓的负面影响，不敢理直气壮地加以处分。更何况现在的教育界弥漫着一股思潮：对学差生或品差生乃至品学双差生，要关爱关爱再关爱，宽容宽容再宽容，其结果往往是无原则无底线的关爱与宽容，既废弛了学校的规章制度，又错失了对犯错学生的最佳教育时机。如果从育人的角度再做深层次观照，那无疑是纵容学生继续滑向错误的的深渊，贻误其终生！

方春萱简直不敢再往下想了。只是让她大跌眼镜的是，学校竟然会出台这么个形同没有处分的决定！可自己人微言轻，又能如之奈何呀？

此刻，方春萱忽然想起了师傅老董的那句话：想要改变现状，就得参与管理。

方春萱静静地坐在办公桌前，陷入了沉思之中。

十

一模考试过后，是校园里最为热闹的时候。

初三学生模考成绩一揭晓，那些名列前茅的孩子便成了市区各四星级高中眼里的香饽饽。

除去那些三星级高中，吴城市的四星级高中依据其办学业绩，尤其是历年的高考成绩，在市民们心目中大致分为三类：吴城市高级中学为省级高级中学，也是改革开放前全国著名的十三所重点中学之一，所以备受吴城市民的青睐。有些家学渊源颇深的家庭，甚至以整个家族中有孩子能上此中学为荣，为傲。接下来的吴城市一中与二中则为二类四星级高中，至于三中、四中、五中等则成为第三类。

但在吴城市的高中生录取政策中，为了体现公平竞争的原则，统一规定所有四星级高中为平行志愿批次，并无高低之分；这些高中的录取分数，也依据填报学生人数的多少与拟录取名额的多寡而定。如此一来，一到招生季，所有四星级高中都铆足了劲儿，使出浑身解数做宣传、抢生源，以期将优质生源收入囊中。

本来，在每年的这场生源大战中，吴城市高级中学总是超然物外的。因为按照从高分到低分录取的原则，全市最优秀的生源理所当然是属于他们的。相互厮杀得死去活来的往往是二类和三类高中。但最近几年，随着新城区的逐渐壮大，新区实验高中以其设施设备先进、师资实力雄厚（向全省乃至全国各地大量招聘优秀教师），与教育教学管理理念先进等优势，吸引了古城区大量的优秀初中毕业生。一时间，家长与孩子趋之若鹜，给吴城市高级中学这所老牌的优质中学造成了严重的威胁。出于无奈，他们也加入了这场生源大战之中。

为了给孩子们加油鼓劲，按照惯例，本周三召开毕业班学生家长会。一是通报此次模考成绩；二是加强家校联系与联动，期望每个家庭为孩子的升学考试做好服务保障工作。方春萱的初三（6）班与袁宏伟的初三（5）班是全年级最好的两个班，所以，全年级五百多名学生中，年级前一百名就被他们包揽了一大半。

周三下午上完两节课，家长会以广播大会的形式如期举行，学生和家长同时参加。方春萱站在教室门口，笑意盈盈地迎接着每一位家长的到来。这是她从教以来养成的习惯，因为她觉得，所谓的家校关系，主要是老师，特别是班主任老师与家长的关系。作为老师，应该给家长以充分的尊重，只有这样才能赢得家长对老师的尊重。而现实中，极少数家长之所以跟学校闹矛盾、搞对立，很大原因是我们的部分老师在工作中不尊重学生与家长。我们的有些老师自以为有文化、懂教育，所以往往对部分家长尤其是差生家长极不尊重，一副高高在上的架势。殊不知，术业有专攻，自己除了有点文化懂点教育，一走出校门，也是两眼一抹黑。其实，这部分老师不明白一个基本道理：从本质上说，老师与家长是平等的。所以，每一位家长，不论其文化水平高低，也不管其从事什么行业，都应该得到学校和老师的充分尊重。

方春萱见所有家长都到齐了，便缓步走到讲台前，扫视了一下全场。她发现凌云父亲端端正正地坐在最后一排，对自己微微点头示意，算是招呼自己了。

"各位家长下午好！"方春萱定了定神，说道，"首先，欢迎各位在百忙中抽出时间来校参加此次家长会。"此时，讲台下响起了一片掌声。

经历了近三年与孩子们朝夕相处的时光，方春萱对班内所有学生的家庭背景几乎了如指掌。也许是职业的敏感吧，每一届新生到校，不出一周，她都能叫出班内每个孩子的姓名。只要开过一次家长会，她便能基本了解每位家长的职业与文化程度。她的这项本领，在校内可是小有名气的。现在台下坐着的家长，有的是科研单位的科研人员与大学教师，有的是医生，有的是公务员，有的是新闻从业人员，还有的是像凌云家长一样的民营企业老板。可谓藏龙卧虎！

"此次家长会，应该是孩子们三年初中学习生涯中最后一次家长会了。"方春萱用右手将讲台桌面上的无尘粉笔盒子移至左上角，目光快速扫过每一位家长的脸，表情温和而矜持，"在广播会正式开始之前，我想就一模考试过后到正式中考这段时间，家长们应该注意的几个要点，给大家提个醒。"

在座的家长通过三年来孩子的反馈与亲自与方春萱的接触，也深深感受到这位班主任的负责、热忱，恪守原则又极具教育情怀，因而对她都十分信服与尊敬。大家都以平静的微笑与对视的目光回应着讲台前的方春萱。

"一是关于高中的选择与志愿的填报。"方春萱直奔主题，提点道，"目前我市各四星级高中的生源大战已经全面展开。有道是耳听为虚眼见为实，请大家不要被各校的招生宣传所迷惑，或者无所适从，而应该利用这段时间好好了解历年来各所四星级高中的高考录取情况，然后根据自己孩子的学业成绩，做出适合他们的选择。"

正所谓隔行如隔山。面对眼花缭乱的招生宣传，家长们都是一头雾水。方春萱的话实实在在，无疑是给大家指点迷津。

"而各所高中承诺给孩子们的五花八门的签约，其实都是抢生源的招数。"方春萱继续分析道，"其实，中考分数才是硬道理。如果中考分数不达标，所有承诺都是一纸废约。所以，希望大家不要在所谓的签约上浪费无谓的精力，以免分散孩子们的学习注意力。"

方春萱一语道破真相，这需要以生为本的真诚，更需要敢于顶住压力的勇气。因为每逢此时此刻，校方都会要求所有毕业班班主任，利用家长会为校领导所承诺的相关高中做宣传、拉生源。方春萱这样做，显然有点儿和校领导唱反调的意味。但方春萱管不了那么多，在她的心目中，学生永远是第一位的。

在座的家长全都点头致意，并以热烈的掌声对她表示感谢。

"二是希望各位家长在中考冲刺阶段,能多多关注孩子们的身心健康,并多多陪伴他们。"方春萱放缓了语速,语重心长地说,"一模过后,所有学科都进入复习迎考阶段,作业铺天盖地,课堂教学以练习与评讲为主要形式。如此繁重的学业负担与单一的学习形式,必然会使孩子们倍感疲惫,心力交瘁,极易出现厌学情绪。所以,希望家长们能随时关注自家孩子的情绪变化,合理安排回家后写作业的时间,确保孩子有充足的睡眠与必要的体能活动,以期达到事半功倍的效果。"

这时,方春萱发现学校统一的广播会已经开始,便打住了话匣,退到教室后门口的走廊里,却听见隔壁三(5)班内,袁宏伟居然关闭了广播,还在跟家长们滔滔不绝地讲着。侧耳倾听,全是关于报考志愿的辅导。听那口气,对一中、三中满是溢美之词。这倒与学校所要求的高度一致。因为一中与三中向来与崇礼中学关系密切,且这种关系从未因彼此校领导的更替而改变过。只是最近几年来,这两所高中的教学质量每况愈下,高考录取的量与质都明显下降,受到了本市不少知名初中与家长们的诟病。也许正因为此吧,他们每年的招生力度越来越大,有时甚至到了不择手段的地步。

方春萱对于袁宏伟的做法颇不以为然。但平心而论,她并没有以前那么反感袁宏伟了,毕竟每个人的站位不同,对事物的认知与态度也不尽相同。如今袁宏伟是学校的中层领导,无论是发自内心或者出于无奈,他考虑问题必须要顾及校领导的态度与感观,与上级领导保持高度一致。而目前自己只是一名普通教师,时时处处,随心随意即可。

广播会一结束,按学校要求,方春萱让家长们前往学校体育馆,向前来崇礼中学设摊的各四星级与三星级高中的招生老师们,咨询升学报考事宜。看到家长们陆续下了楼,鱼贯进入教学楼西北部的体育馆内,方春萱便也下了楼,穿过小广场,向自己的办公室走去。

"方老师。"方春萱刚推开办公室门,却被后面的一个声音叫住。回过头,却见凌云父亲笑嘻嘻地站在身后。

"哦,凌总你好!"方春萱热情地招呼道,"请到办公室坐吧。"然后把他引进室内,搬了张椅子,让他在自己办公桌对面坐定。

"方老师,真的很感谢你这段时间对我们家凌云的关心。"凌云父亲刚坐定,便十分真诚地说,连声音都有点儿沙哑了。方春萱看到凌总,整个人都消瘦了一圈,脸色也很憔悴。

"别客气,这是我这个班主任老师的分内事。"方春萱不禁对他心生几分同情,但随即转移了话题,"只是值此非常时期,你们要对孩子多花点心思,多一点关爱,让他以最佳状态参加中考。"

"好好好,谢谢方老师!我们一定会的。"凌云父亲欠了欠身子,连声道谢。

方春萱看他今天除了过来道谢似乎并没有别的什么事,再说自己略感疲乏,想休息会儿,便提议道:"要不我带你到体育馆那边去看看中招咨询现场?"

"不不不,方老师你忙,我自己过去就行了!"对方立刻知趣地站起身,退后两步,转身朝门口走去。

"你们家凌云是个很优秀的孩子，"方春萱礼貌地送至门口，挥手道别之际，也许是出于对家长的鼓励吧，又补充了一句，"千万不可浪费了这么好的苗子！"

凌云父亲回转身，并没说话，只是双手抱拳，揖了揖，算是致谢。

其实，今天各高中学校来崇礼中学设摊的中招咨询现场，方春萱中午就去见识过了。十余所四星与三星级高中，还有一些高职类学校，就着偌大一片室内排球场相对排开，每个摊位前用崇礼中学统一提供的木支架扯着大幅的学校简介，上面罗列着各校的设施设备、师资实力、课程特色、所获荣誉以及办学业绩等等。而面前的桌子上，则放着一大叠招生宣传册，等待着前来咨询的家长们免费领取。招生宣传册里面图文并茂，其内容无非是彰显特色，展示实力。只是方春萱觉得，现在的招生宣传，与其说是宣传，不如说是美容，甚至整容；你若是真实了解其底细，感觉他们所宣传的与实际情况实在相去甚远。

方春萱特意关注了一中与三中，其学校简介与招生简章都用极大篇幅介绍了其校容校貌、办学理念、课程特色之类的，而对近三年的高考录取率都只是笼而统之地概括为"在全市同类高中中名列前茅"。而一中更是玩起文字游戏，它极力掩饰其持续低迷乃至每况愈下的高考录取情形，说自己的"大学录取率为百分之百"。看这宣传，不明真相的家长们还以为这学校超级棒、超级优秀，每个毕业生都能上本科！殊不知，这是"大学录取率"，而非"本科录取率"。这"大学"其实包括所有大专与高职类院校。试想，这不是对考生与家长的故意欺骗吗？如果在商场，就叫恶意欺诈，是要负法律责任的。方春萱想。

相较于吴城市的纷繁，方春萱更喜欢省城中考招生的有条不紊。省城的大学同学跟她说，他们那边中考招生顺序极为简单：全市四星级高中依据办学业绩分为一、二、三类，三星级高中亦如此。考生依次在每个类别中各选一所填报，到时所有高中从高分到低分录取。同时，市教育局统一规定，所有高中学校在中招前不允许做任何宣传。

如此操作，免去了学校、家长与学生的诸多烦恼，更有利于学生集中精力好好学习，何乐而不为呢？

十一

袁宏伟这几天一直在为新生招录工作而忙碌。

为了减轻教学处的工作量,让该部门尽力做好初三毕业班与全校的教学管理工作,由王副校长提议,经校长会议一致同意,今年小升初招生工作由德育处具体负责。

接到该项任务,袁宏伟既高兴又倍感压力。高兴的是,谁都知道小升初招生是学校的一项十分重要的常规性工作,如今王副校长把这项任务交给他,是对他莫大的信任;同时也无形中向全校教师表明,他袁宏伟是王副校长的得力干将,这大大提升了他在全校教师中的威望。倍感压力的是,小升初的招生工作攸关学校的生源质量。到新学年开学,新初一的老师感觉新生质量好,全都窃喜;如若不佳甚至很差,他们全都会公开骂娘,并质疑这招生工作是否存在猫腻。

而目前的状况是崇礼中学自上周开始招生以来,前来咨询的人虽然与往年差不多,可正式登记交材料的却不多。这也许是因为学校给古城区所有实验小学分类,从而提高了招录门槛的缘故吧?可这实在让袁宏伟心里发慌！但是，当负责登记的两位老师跟他反映情况时，他还是很淡定地笑笑说："没关系，酒香不怕巷子深，到时家长们会求着要来的！"

事实上，王副校长把该项工作全权交付袁宏伟，也是冒着一定风险的。如今王副校长虽然全面主持着崇礼中学的工作，但毕竟名义上还只是副校长，如果因为工作中有什么失误而招致非议，对他还是很有负面影响的。特别是班子人员中，事实上并非铁板一块。据说当时的沈校长、如今的沈副局长上调时，市局曾征求过他的意见，请他提议选拔一个接班人，但沈局长愣是没有表态。如果不是因为市政府老同学的关照，恐怕市局也不会给他这个机会的。

如今，他既然已经坐上了这个位置，就必须扶持他的势力，而袁宏伟就是一个不错的人选。袁宏伟头脑灵活，办事效率高，又对他唯命是从；而且也没有其他背景，如果好好用他，他一定会忠心耿耿地跟着自己的。现在把招生这么重要的任务交给他，既可以笼络他，也可以考察他。再说，之前崇礼中学的招生工作，沈校长一直是亲自抓的，自己现在直接交给袁宏伟负责，事实上也是抓在了自己手里。

那天初三家长会一结束，袁宏伟一直等在办公室。五点过后，袁宏伟估摸着王副校长有空了，便就拨了个电话过去，说是要去汇报点工作。王副校长放下电话，心想，一定是有关招生的事情。同时，他更加感觉袁宏伟办事懂规矩，自己没有看错人。

不到十分钟，袁宏伟就出现在了王副校长的办公室门口。王副校长靠在沙发上，捻灭了手头的烟蒂，呷了口茶，指着对面的沙发说："来，坐下说！"

袁宏伟坐定，掏出一包黄金叶，满脸堆笑地抽出一支递给了王副校长。

"你啥时也抽上烟啦？"王副校长有点惊讶。

"其实之前也会抽，但没有瘾，所以平时不抽的。"袁宏伟给王副校长点上烟，同时自己也点上一支，依然笑嘻嘻地，"前阵子有个朋友送了我几包。"

其实，袁宏伟本来是不抽烟的，但看到王副校长的烟瘾那么大，便特意去买了一条黄金叶，以便跟他独处的时候递上。

"王校，从这几天的招生情况看，今年前来正式登记交材料的家长并不多。"袁宏伟转入正题，对王副校长说出了自己的担心。

"今年新区新建了几所初中，其设施设备都是一流的，据说师资绝大部分都是从外面招聘来的中青年骨干。"王副校长解说，"他们的宣传力度又大，再加上目前古城区人口大量外迁。所有这些，对我们这样的老学校应该冲击不小啊！"

"那我们要不就放开登记吧，凡是成绩报告单上全'优'并且每学期都是'三好学生'的，不管什么学校，全部当场录取。"袁宏伟看王副校长没有发表反对意见，继续说，"如果是实验小学的，只要成绩全'优'，也录取。"

看袁宏伟脑子转得如此快，王副校长十分高兴，但他并没有马上表态，而是摆出一副沉思的架势，默默地吸着他的烟。

这让袁宏伟稍显尴尬，一时不敢再往下说。他见王副校长的茶杯见底了，便站起身，替他续满了水。

袁宏伟刚坐下，王副校长就开口了："好吧，就按你所说的调整一下吧。不过，一定要严格把关。"

见自己的建议得到了肯定，袁宏伟窃喜。他又给王副校长递了支烟，试探性地说道："王校，还有个事，不知当讲不当讲？"

王副校长抬起头，笑眯眯地看着他："你说。"

袁宏伟像是受到了鼓励，大胆地说："目前这两个负责接待登记的教学处的老师，本星期一直跟我抱怨说自己很忙，要求我另外物色人选。"

"是吗？"王副校长听了感觉有点不对劲，以前一直是他们负责的，怎么没听说有什么情绪呀？会不会是……但他在袁宏伟面前不动声色，"让我明天了解一下再说吧。小袁哪，时间不早了，回家休息去吧。"

走出王副校长办公室，袁宏伟很是懊恼："唉，真不该提后面那事！"

而王副校长望着袁宏伟的背影消失在门口，心里早就猜到了那两位教学处老师闹情绪的缘由了："肯定是那个平时趾高气扬的教学处主任张峰，见自己部门原来所分管的美差被平白无故地夺走了，心里不爽才捣的鬼。看来，应该换人了！不过，目前没有人选哪！"

"嗯，有了！要不让方春萱去教学处，把教学主任换到教科室？"王副校长突然想到了方春萱。不过这个念头只是在他脑际一闪而过，因为自己目前还没有正式扶正呢，一切只能等到今年暑期人事安排尘埃落定后再考虑了。不过，明天的行政会上必须敲打一下。

第二天上午，王副校长来到设立在学校行政楼的教师活动室，这里目前被临时作为小升初招生咨询与登记处。他装作若无其事地随便看看。但教学处的那两位老师看到了，马上想从座位上站起来。王副校长见状，朝他们摆摆手，示意他们继续接待应询家长，不要因为自己的到来而影响了手头工作。然后，他走到一旁置放登记单的案几边，随手拿起几张，貌似漫不经心地翻阅起来。这一切被那两位负责登记的教学处老师偷偷地看在眼里，于是，心里不禁嘀咕道："怎么啦？是不是自己的牢骚被小袁主任汇报给王副校长啦？"

下午第一课照例是每周一次的行政会议时间。自王副校长主持工作以来，崇礼中学的行政会议也有了新变化。以往基本上都是由书记主持，各位分管副校长就条线工作进行阶段性小结或者说明，最后校长布置下一阶段工作。各中层部门基本上就是被动地听讲并执行。王副校长全面主持工作后，在第一次校行政会议上即明确规定：为充分发挥各中层部门的主观能动性，以后每周一次的行政会议，先由各部门负责人汇报上阶段工作，并就下阶段工作提出设想；然后各位分管校长加以补充；最后，由校长布置下阶段行政工作，书记布置相应的党团群工作。

如此看似不经意的变化，实际上透露了王副校长的管理思路：一是通过强调部门职能，弱化各位副校级领导的作用；二是通过明确党政分工，淡化书记对行政的参与；三是给各位部门负责人一个明确的信号：大家必须对校长直接负责。

今天的行政会议，在走完了以上常规流程之后，王副校长特意点名袁宏伟就本阶段崇礼中学的小升初招生情况向与会者做了通报；然后，由他给所有中层以上的领导介绍了今年的小升初招生形势，并把昨天傍晚与袁宏伟商定的应对策略做了说明；最后，王副校长宣布了一条重要决定："为了全面锻炼各位中青年中层干部的教育教学管理能力，学校拟在各中层部门之间试行轮岗制。届时，学校将预先征询大家的意愿，然后依据学校工作需要做统一调配。"

此话一出，所有部门负责人都十分震惊。

教学处、德育处以及信息技术与装备处这三个部门的负责人更多的是忧，因为谁都知道他们是学校最核心的部门，说白了，即便没有副校长、书记，以及其他部门的存在，只要有校长与他们，整个学校就能运作起来。再说，要说学校也有利益的话，主要存在于他们这些部门。

而教师发展处、教学科研处以及对外交流与宣传处这些负责人，更多的则是喜了，因为这样的话，他们就有机会去其他重要部门任职了。

而在王副校长看来，只要自己能名正言顺地坐在崇礼中学校长的这个位置上，那么，所有的中层部门负责人就会在这"忧"与"喜"之中，全都对自己忠心耿耿。如此一来，整个学校都在自己的掌控之中。

王副校长回到办公室，刚端起茶杯，就接到了市教育局组织处处长打来的电话。

"老同学，怎么有空惦记起我来啦？"王副校长一开口就显得十分亲热。

这位处长姓孙，是王副校长的大学同学。据说是因为丈母娘是教育局老领导的关系，大学一毕业就被分配到吴城市教育局工作了，现在已经是组织处处长了，正科级。不像自己，被分配到了学校，起点低，到现在还是个不起眼的副校长。他们原来也就是一般的同学关系，自自己升任副校长以来，才开始热络起来。现在自己成为主持工作的副校长，而且还是吴城市区一流的好学校，眼看着前途无量，这位老同学也就对自己更加热情了。

"嗨，难道没事就不能联系你王大校长呀？"对方也是十分亲热的语气。

王副校长知道对方必有什么事情，但又不好直白地问，只能继续半开玩笑地说："老同学，有事尽管吩咐，小弟我一定效命。"王副校长比对方小几个月，所有一直以小弟自称，这样也显得谦逊。

"好了，不跟你开玩笑了，说正事。"对方终于言归正传，"下周教育局拟对全市即将提拔与转正的校级领导进行考核，其中之一便是由我们组织处牵头到相关学校进行访谈。老弟也在其中之列呀。先向你祝贺啦！

"多谢老兄关照，小弟感激不尽啊！"王副校长内心十分激动。但为了掩饰这份激动，便依然用十分亲热而半开玩笑的语气说道。

"老弟呀，我一会儿还有事，就不跟你多说啦。"对方明显想要结束通话了，"正式通知明天下发，你就好好准备吧。"他把"准备"两个字说得特别重。

"好好好！老兄你忙。"王副校长很热情且真诚地说道，"到时我们老同学好好聚聚。"

挂断电话，王副校长依然十分激动。自己一年来的努力总算没有白费，终于可以扶正啦！他掏出一支烟，斜倚在沙发上，翘起二郎腿，很是惬意地独自享受着这份快乐。

待到烟抽完，王副校长的心情也就恢复了平静。他沉思片刻，便拿起桌上的电话，把办公室主任召了过来。

五分钟之后，那办公室主任就出现在了王副校长面前。

一般而言，基层学校的办公室主任无非有两种类型：一类是勤勤恳恳任劳任怨，且不苟言笑之人；虽不善巴结，但绝对忠心，让人放心。另一类则是八面玲珑，连眼睛都会说话的那种，但嘴巴也绝对是紧紧的。崇礼中学的办公室主任属于后者。她四十来岁，跟方春萱差不多，名叫刘艺。刘艺是艺术老师出身，土生土长的吴城人。她办事极细心、用心，且擅长鉴貌辨色，揣摩领导心思，在办公室主任岗位上已经待了近十年，是沈校长留下来的老人。

王副校长没有全面主持崇礼中学工作之前，与刘艺关系一般，既不亲密，也无芥蒂。如今自己主持学校工作将近一年了，除了工作上的正常交往，刘艺主任跟自己的关系依然一般。这让王副校长不禁寻思起来："刘艺年纪虽不大，城府可极深哪！"这一年来，其他部门的负责人都对自己的态度或多或少地表现出了亲密，可她居然一副不卑不亢、从容淡定的意态。究其原因，她无非还在观望，观望自己能否坐稳校长这个位置哪！

"小刘哪，坐下说。"王副校长指了指对面的沙发，很热情地招呼刘艺道。

刘艺也面带微笑，款款地坐下了。但不出声，等待着王副校长的下文。

"是这样，下周呢，市教育局将来校访谈。"王副校长也不想绕什么圈子，就直接布置任务了。

"哦，看来是要对校级进行人事变动了！"刘艺心想。因为她知道，一般情况下，只有涉及校级领导的人事变动，才会让她负责。

"是对来我校挂职的领导进行考察吗？"其实，刘艺心里早就猜到，不是那位挂职的副校长，就是王副校长他自己。但面对着王副校长，她只能说那位挂职的副校长。

"是我。"王副校长说道，"现在找你来，就是要确定下参加座谈的人选。"

刘艺心想，局势总算明朗了，看来王副校长终于要名正言顺地当上崇礼中学的"一把手"了！因为她知道，一般所谓的考察与访谈都是形式而已，既然市局已经确定人选了，说明对当事人表示充分认可了。

"我看这样吧，王校。"刘艺说，"一般这种访谈要求校级领导、中层部门负责人各一人，教师两人，并要求考虑年龄层次。所以，我想校级领导就请我们的挂职副校长，中层部门负责人就请袁宏伟，教师呢就请老董，另外确定一位工作五年之内的年轻教师。"

王副校长听完，心中暗自惊叹刘艺的老到。真不愧是在办公室主任岗位上历练了十年的老人事哪！校级领导找那位挂职副校长，真是一着妙棋。因为接下来他也面临被考察,能不说自己好话吗?袁宏伟是自己人,老董也是老中层,跟自己的关系绝对密切。至于年轻教师,随便找哪个都无所谓。

"小刘哪,你考虑得很周全。"王副校长满心欢喜,"好,此事就按你说的办!"

十二

通常情况下，每年五月下旬，吴城市中小学就要启动一年一度的教师职称评审工作。可今年快到五月底了，这项工作还迟迟没有开始。这让方春萱十分纳闷。

本来呢，方春萱都已经评上中学高级教师职称了，可以不关心此事。可现在，她要申报吴城市的"名教师"，而这恰巧与职称申报是同步进行的。她想去问问办公室的刘艺主任，又觉得不合适。她又想向钱书豪打听一下，感觉更加欠妥。她打开微信，翻阅了一下学校的公众号，发现本周工作安排上，周三下午第二节课后又是全体教师会议，便巴望着会有相关消息出现。可今天还是周一，方春萱便暂且不去多想此事。

刚上完课，方春萱接到教学处电话，说是要求各教研组组长收齐本组教师的备课本、听课本、十本学生的作业本，交到教学处，以备期中"七认真"检查。所谓"七认真"，是指认真备课、认真上课、认真批改作业、认真命题、认真阅卷、认真辅导学生和认真听课学习（当然，其实学校每次检查的也只是显性的"三认真"资料）。它们是吴城市教育局对所有教师学科教学的一项要求与规范；每学年，还有这方面的评优工作，属于业务荣誉，也是教师职称晋升的重要指标之一。所以，那些尚未评上中、高级职称的老师们对此都十分重视。崇礼中学对教师的"七认真"检查每学期分期中与期末两次，到一学年结束，学校会依据检查的情况先评选校级奖项，在此基础上再推举市级奖项的候选人。

而崇礼中学对于备课还有一项特别的要求，就是必须手写。这一规定的提出者便是现任教学处主任张峰。张主任四十五岁，是一位精精瘦瘦的小个子男人，戴着一副高度近视眼镜，看人时眼白多眼黑少。因其瘦小而为人精明，同事们送他外号"张猴子"。他跟王副校长是同龄段人，据说当年沈校长要在中层部门负责人中提拔一位副校长时，他和王副校长因旗鼓相当，曾展开过激烈的竞争，台上台下都动作不断。无奈，沈校长只能采取了一个貌似最为公平的办法：竞争上岗。后来在全校教师的民意投票中，张峰以少于王副校长二十多票的劣势落败！对此，张峰曾一度耿耿于怀，对于部门的工作消极怠工了好一阵子。但因沈校长充分理解其心情，经过数次的安慰，总算使其恢复了平常心态。

平心而论，张峰主任的能力并不在王副校长之下。但一来是因为他心高气傲，让人感觉难以相处，没有王副校长随和；二来由于他处在教学处主任这个位置，平时与下面教师接触多，比较容易得罪人。所以，在民意投票时落败也是情理之中的事。

近一年来，王副校长全面主持了学校工作，成为事实上的"一把手"。这无异于又揭开了张峰主任那刚刚才愈合的伤疤。试想，如果当时自己能竞聘上岗当上副校长，说不定这回全面主持崇礼中学工作的就是自己了呀！他越想越心理不平衡。在部门工作中虽说不上作梗，但时时处处并不总是配合王副校长。

其实，对于张峰主任提出的手写备课，崇礼中学的许多老师，尤其是文科教师是极其反感的。以前沈校长在位时，就有许多老师前去告状："都高度信息化时代了，为啥还非得硬性规定要手写备课呀？这不是浪费大家的时间吗？"沈校长呢，却总是笑眯眯地劝道："这手写呢，速度是慢了点儿，但却十分有利于大家对教材进行更加独立自主的处理，并摆脱对网络的依赖心理，再说也有利于练笔练脑呀！"虽然沈校长的这一解释不免有些牵强，但大家基于他在学校的威望，也就不再多说什么。

现在，王副校长主持工作了，老师们每逢"七认真"检查的时候，便旧事重提，又跑去校长室提意见。可王副校长却说："今年就这样吧，以后改进。"老师们也弄不清王副校长是敷衍大家呢，还是以后真的会改进。

再说，当全校老师所有的备课本、听课本与学生作业本汇集到教学处之后，却迟迟未见反馈。于是，有人便反映到王副校长那儿。而当王副校长询问张峰主任时，他这样回答：期中工作太忙，暂时抽不出时间检查。于是，王副校长一个电话打给方春萱，说是请她代表学校教学处，花两天时间全面检查这些"七认真"资料。

接到电话，方春萱很是纳闷。

一旁的老董知道了，却笑嘻嘻地对她说："王校要你做，你就照做。

过些时候你自然会明白的。"

其实，老董只猜到了王副校长要提拔自己的爱徒当中层，但对王副校长想把方春萱直接安排进教学处，以替代张峰的考虑，他是万万想不到的。

正如方春萱所期望的那样，周三下午的全体教师大会上，办公室刘艺主任宣读了吴城市教育局"关于做好本年度教师职称评审与教师业务荣誉称号评选工作的通知"，并按惯例对崇礼中学的操作流程做了说明。然后，王副校长总结了本阶段的学校工作。在总结中，他口头表扬了一批教师，其中就有方春萱。他说方春萱作为班主任，如何关心学生；作为语文教师，业务如何过硬；作为参与学校教学管理的教研组组长，又如何顾全大局，不折不扣地完成了学校交给她的任务。方春萱心里明白，王副校长所说的"学校交给她的任务"，就是此次"七认真"检查。

但这通莫名其妙的表扬，实在让方春萱一头雾水。等到当天放学后，办公室只剩下她和老董两个人时，方春萱满脸疑惑地问："师傅，这是为什么呀？"

"还不明白呀？"老董满脸堆笑地说，"下学期提拔你是板上钉钉的事了！"

方春萱如梦初醒。

现如今，还在梦里的恐怕只有张峰了。他本来只想把事情拖一拖，以让王副校长感觉到他心头的不悦。没想到王副校长竟然会使出这么一招来对付自己，这颇让他有点偷鸡不成蚀把米的感觉，很是后悔。同时，他又隐隐担忧王副校长会采用掺沙子战术，下学期会将方春萱安排进教学处，从而架空自己。但他压根儿没想到的是，这回王副校长是将他直接"调整"出教学处！

事情真是接踵而至。

周四上午的课间，袁宏伟到初三年级办公室，通知所有班主任，要将本班学生填报市一中的志愿做统计，然后上报校长室。

初三年级办公室里仿佛被扔了一颗重磅炸弹，一下子炸开了。

"啥意思呀？非得让我们按住学生的脖子人人都填报一中呀！"有人表示愤慨。

"吃人嘴软，拿人手短。你就乖乖照办吧。"也有人打趣道。

"又不是我们求着人家要吃要拿的。"刚才第一个发牢骚的人说道，"再说，领导要我们过去，我们敢不去吗？"

"既然已经被逼良为娼了，那就只能娼下去了。"现在说话的是一位三十出头的男老师，也是袁宏伟的小弟兄。他说话直言不讳，在全校是出了名的。但他工作极其认真，本届是他所带的第三届毕业生，因为他所带的每届都很出色，因此深受领导器重。但他心直口快的缺点却抵消了其优点，因此到现在都没有受到校领导的栽培。也许也正因为此，他除了认认真真教书，也就别无想法，说话更加随便了。

"别议论了。你爱怎么统计就怎么统计，把统计数字上交不就得了？"最后，还是一位年长女老师的一句话，平息了整个办公室的喧闹声。

方春萱听到广播里响起了眼保健操的音乐声，便匆匆赶往自己班级，把统计表交给班长，要他利用午休时间把统计工作完成后交到她办公室。

其实，她知道自己班上填报一中的学生不多，因为上周家长会后，学生和家长们都利用双休日前往市区各所高中实地了解过情况了。他们班级学生的成绩在年级普遍名列前茅，全班四十名学生中，有将近一半的学生填报了吴城市高级中学与新区实验中学。剩下的学生中，除去七八个决定出国留学的，只有十多个学生填报了市一中与三中之类的学校。

让方春萱感慨的是，当下的教育似乎已误入了歧途。招生本是稀松平常的事，学生考什么成绩便入什么学校。如果是同等水准的学校，就应当充分尊重学生与家长的意愿，让其自主选择。作为老师，可以做适当的指点，但绝不应该强行介入。至于下一级初中学校组织教师集体接受上一级高中学校的好处，那简直是变相的行贿与受贿行为。如果让学生与家长知晓这些，他们会怎么看待我们的老师，怎么看待我们的学校，又怎么看待我们的教育呢？

而像市一中这样的四星级高中，前些年在古城区是紧随吴城市高级中学之后的响当当的一流高中。近几年，市一中的教学质量明显下降，那就应该好好反思原因，在教学与管理上狠下功夫，以期知耻后勇，打好质量翻身仗。没想到他们却只知道在招生上使手段、出歪招。他们的这种做派，往小处说是耽误孩子的前程，往大处说就是亵渎了教育的神圣！

那天放学前，方春萱接到王副校长的电话，说是要她下班前过去一趟。

下班后，方春萱如约而至。

"王校。"方春萱一到校长室门口便闻到一股刺鼻的烟味，她皱了皱眉头，硬着头皮走了进去。

"哦，方老师来啦。"王副校长似乎意识到了什么，便起身将窗户打开，转过身，十分和蔼地说道，"坐吧。"

"学生快毕业了，近来一定很辛苦吧？"王副校长显然不急于谈正事，而是摆出一副关心下属的样子，询问道。

"还好，都是常规工作，也习惯了，不辛苦。"方春萱倒不是谦虚，说的都是真话。见王副校长还没有主动要说正事的意思，她便单刀直入地问："王校，是不是我们班级填报一中志愿的人数少了点？"

说真的，王副校长除了欣赏方春萱的文化教养高、个人修为好与业务能力强外，还欣赏她那实事求是的态度，她从不像别的一些女教师那样玩小心思，更不会矫揉造作。

"这个呢，我能理解，因为你们班里学生的成绩普遍较好，填报一中人数少是理所当然的事。"王副校长下意识地摸了摸口袋，想掏出烟，又似乎觉得不妥，便端起桌上的茶杯呷了口茶水，继续说道，"只是我觉得你能否跟学生做做工作，让那些已经填报新区实验中学的学生，尽量改填我们古城区的吴城市高级中学呢？因为新区的学校毕竟不归市教育局直接管辖，而是归新区管委会文化与教育事业局管辖。"

方春萱抬头看看王副校长，莞尔一笑，说道："好的，我尽量做工作，毕竟这两所学校旗鼓相当。"

王副校长满意地点点头，站起身说："方老师，那就辛苦你了。"

方春萱也乘势从座位上站起来，退出了校长室。

晚饭过后，方春萱懒散地靠在沙发上看着电视。突然茶几上的手机叮叮咚咚地响个不停。打开一看，他们初三（6）班的班级群内热闹非凡，家长们都在交流从当天下午到现在所接到的有关市区各所四星级高中打来的电话的情况，说这些高中无一例外地游说家长们，让自己的孩子去填报他们学校的志愿。

方春萱无奈地摇摇头，心想："看来如此狂轰滥炸的，还不止一中一所学校呀！"

不一会儿，一位家长建议大家询问她这个班主任，于是有好几位表示赞同。

当然，也有少数偏激的家长，提出各种质疑：第一，这些高中学校是如何知道家长们的信息的？第二，这些高中学校为什么敢于如此明目张胆地打扰家长？其中是不是有什么蹊跷？

当然，这样的质疑很快遭到了其他家长的反驳：学生信息极有可能是家长们到相关学校咨询时留下的，没有必要怀疑老师；再说，即使是崇礼中学提供的，也是学校行为，跟班主任老师并无关系；至于这些高中学校的做派，恐怕不仅仅针对崇礼中学的毕业班家长，其他初中学校也是如此，故而完全没有必要疑神疑鬼的。

方春萱见自己必须表态了，便在群里写了留言：

> 当下风气如此，我们谁也无能为力，望各位家长以平常心对待此事。

需要提醒的是：

原则上大家应以一模成绩为主要参考指标，并结合自己孩子平时在班级与年级的成绩排名填报相应的志愿，万不可受其他非教学与成绩因素的干扰。

此留言一出，家长们纷纷表示赞同，发出各种各样的表情包。

这一波潮水过后，家长群终于恢复了宁静。

很快，凌云的父亲来电话了："方老师，刚才市一中跟我们说，如果我家凌云填报他们学校，到时可以优惠分数录取，或者走指标生途径录取。你觉得是真的吗？"

方春萱沉吟片刻，说道："怎么优惠？优惠多少分？口说无凭呀！"方春萱显然很恼怒这种忽悠家长的行径。

"好的，那我们还是依照原来的志愿填报。"电话那头说道，"谢谢方老师！"

放下电话，方春萱坐在沙发上，眼睛看着电视屏幕，心情却再也无法平静：都说教育是崇高的，校园是一方净土。可当下教育竟纷繁成如此，跟商场又有什么两样呢？可基础教育应该属于公益事业呀。要说竞争应该是学生学习的竞争、教师业务的竞争、学校教学质量的竞争，而绝不是在招生上如此不择手段地竞争呀！当然，这些高中学校也许出于无奈，因为他们也需要生存。那么，我们的教育主管部门是否应该反思呢？这种无序的恶性竞争，这般斯文扫地的营销式抢生源，不正是管理缺失所致吗？

十三

周末，方春萱的丈夫出差回来了。方春萱与丈夫、女儿一家子驱车前往吴城市西郊之外的君山岛散心游玩。

君山是一个矗立于三万六千顷浩渺太古湖之中的硕大岛屿，原先分为三个行政乡，现在则整合为一个君山大镇，开发成为太古湖旅游度假区了。

三十多年前，整个君山因为茫沧太古湖之水的阻隔，成了吴城地区的世外桃源。当地山民们要出岛，需要看老天脸色，选择风平浪静的日子，开半天的机帆船才能进城来。同样，岛外的人们，尤其是吴城市的居民们想要前往岛上，也要费好大一番周折：先坐班轮沿着胥江一路向西到达太古湖边的码头，然后改乘渡轮，继续朝西南方向驶往岛上的泰公山码头。这个过程至少需要大半天的工夫。

方春萱的父亲年轻时是君山岛上唯一一所中学——君山中学的校长兼语文老师。在她的印象中，那时候的父亲，一年光景中，除了寒暑假，回家的时间最多三四次，因为交通实在不方便。有时候，父亲明明电话里说周末要回家，可隔夜会因为太古湖水面刮大风起大浪而封航了，又无法回来了。为此，母亲与他们兄妹几个常常会失望好几天。尤其是母亲，看到隔壁邻居们周末全都齐齐整整热热闹闹地在家里团圆着，自己家里独缺一根顶梁柱，一时伤心，还会悄悄抹眼泪。可每当父亲回家歇假，带上大包小包的君山岛上的农产品与渔产品的时候，全家就会热闹得像过节似的。特别是春节回家过年，父亲时常会让岛上的渔民朋友特意开机帆小木船，船舱里装满了活蹦活跳的野生大青鱼、大鲤鱼、大甲鱼、长鳗鱼、虾干之类的湖鲜，以及枣子、橘子、白果、板栗、山芋之类的山货，还有新出砻的晶莹洁白的大米，被缚住了双脚与翅膀虽动弹不得却还是不甘心似的呱呱鸣叫着的老母鸡，才屠宰的山羊与太古湖猪肉，等等，穿过冬日里风平浪静的太古湖水面，顺着胥江水流而下，连人带货回到城里的家。那么多的年货，经常会招来巷子里邻居们的围观、眼馋甚至嫉妒。而方春萱的母亲手里忙不迭地收着这些年货，心里早已乐开了花，她时常要安排他们兄妹几个和她一起掐掇忙碌好几天，方才停当。

　　现在想来，方春萱觉得父亲回家过年如此地大张旗鼓，一来是为了给全家过个隆重热闹的新年；二来也是为了弥补他作为一个丈夫与父亲，这一年来对妻儿们的亏欠。其实，当年父亲为了教书育人这份职业，远离家人独守太古湖孤岛，又何偿不是一件痛苦的事呢？只是他为了心目中那份神圣的职业，为了不给妻儿以精神的负担，默默地把这份思家的痛苦深埋心底，不愿表露罢了！而父亲的这份对职业忠诚之心，却在潜移默化中深深地影响了方春萱！

至今，方春萱依然十分怀念小时候暑假期间跟随父亲去君山岛玩耍的情景。记得她小学毕业的那个暑假，临近放学前，父亲打来电话，说是让小女儿方春萱一放假便独自坐上吴城南门轮船码头的班轮前往君山岛，玩一星期，以便让她这个城里孩子去体验一下岛上的乡村生活。那个盛夏的午后，当扎着两条羊角辫的方春萱，蹦蹦跳跳地从渡轮的甲板一脚踏上泰公山码头的土地时，头戴一顶草帽、早已守候在岸边望眼欲穿的父亲便赶紧迎了过来，他一把把女儿紧紧地抱在了怀里，直到方春萱稚嫩的脸蛋被父亲钢刷子一样的胡子扎得直喊"痛痛痛"时，方才松开了手。接着，一脸兴奋的父亲便将另外一顶小草帽也往女儿头上一戴，便牵着她的手，穿过蜿蜒于山间的羊肠小道，翻过两个山头；然后又越过大片大片绿油油稻浪翻滚、沙沙喧响的夏日田野；最后，终于在一片绿树浓荫覆盖下的山坞深处的村巷中，停下了脚步。方春萱抬头一看，眼前是一个硕大的穹隆形大门，坐北朝南。门口右手边的粉墙上，一大块长条的木板上赫然写着：君山中学。这四个字是篆体，白底黑字，倒与周遭古朴的环境十分合拍。父亲告诉她，那是他这个校长亲笔书写的校名。校门的两侧是长度大致相当的两长溜围墙。进入校门内，便是一大片长满杂草的操场。草场尽头，同样坐北朝南的是一大排两层教学楼。此刻，人去楼空，显得静悄悄，只有一大群麻雀在屋顶上飞飞停停、吵吵闹闹。如此情形，与城里的校园光景大相径庭。父亲见女儿对自己治理下的这方乡村校园充满好奇，便默不作声地陪着她站在操场中央，任凭她尽情观赏头顶的蓝天流云、飞鸟往返，周遭的参差错列的粉墙黛瓦、飞檐翘脊，还有那些四散于校园各处的上了年纪的银杏树、香樟树、老榆树。

　　此后的一个星期里，父亲带着年幼的方春萱爬峭壁采摘野灵芝，下太古湖撒网捕捉鲜鱼虾，走村串巷踏访古村落。那段日子里，方春萱平生第一次品尝到了浸泡在紫砂茶壶里的香气扑鼻的碧螺春茶，第一次真切地体验到了乡村生活的别样风味，第一次领略到了大自然山水的无穷魅力。而这段生活经历，也让日后的方春萱更加深切地理解了父亲的伟大与他那份职业的崇高。

　　如今，方春萱与家人重新踏上这座山岛，极力搜寻着那些记忆深处的点点滴滴。可毕竟斗转星移，一切都已物是人非。车子在通往君山岛上的太古湖大桥上疾驰，阵阵湖风吹拂着她的脸庞。她伸手捋了捋额前凌乱的秀发，收回思绪，将目光在一望无际的太古湖水面上四处游移。

　　半个多小时后，方春萱一家终于来到了君山岛主峰缥缈峰的脚下。这是太古湖七十二山峰的最高峰，因其四面环水，一年四季雾气缭绕，云蒸霞蔚，故得此名。三十多年前，太古湖大桥尚未开通，君山岛还是悬浮于太古湖水面的孤岛，这缥缈峰虽然当时也是岛上的有名景点，但极少有游客光顾，很是冷清。因而其设施也极为简陋：一条方石山道，弯弯绕绕地顺着山势从山脚下拾级而上，在满是参天古木与成片果林的山林里穿行了足有四公里光景，便到达了山顶。山林里其余纵横交错的小径，全是山民们上山劳作自然踏出的土路，其间除了累累古墓，别无其他宜人的风景。唯有站在山巅，方能俯瞰三万六千顷浩渺的太古湖，让人心旷神怡，豪气荡漾。现在，这里成了热闹的旅游景区：硕大的停车场、高耸的石牌楼、重檐歇山顶景区大门，还有沿着山脚一字摆开的旅游商店。

进入景区，方春萱一家便沿着山径随意地走走看看。周末出游，其实并不是为了赏景，而是想呼吸一下山野里的新鲜空气，放松下身心，享受下与家人一起的那份温馨的亲情。也许是鲜有全家团圆日子的缘故吧，女儿今天显得特别兴奋，一会儿挽着妈妈，一会儿又挽着爸爸，连走路都是带蹦带跳的。这让方春萱十分感慨：是啊，作为父母，他们陪伴女儿的时间实在是太少太少了！丈夫是企业的当家人，理应为企业与职工负责，全心全意扑在工作上；可自己在单位就是个普通教师，应该多多照顾家庭和女儿呀！她现在甚至有点后悔让女儿去上那所寄宿制的新区外国语学校。如果当初让女儿跟着自己在崇礼中学就读，她们母女两个一起早出晚归，那该多好呀！

"妈妈，我们上山吧！"女儿在一旁提醒自己。

"好！老母我今天舍命陪公主。"方春萱不无幽默地说道。

"那我就不当电灯泡喽。"丈夫打趣道。

女儿径直走到爸爸身边，二话没说，挽起他的胳膊就往山上拽。

方春萱看着走在前面的父女俩，瞬间感觉时光倒流，眼前闪现出了三十多年前自己与父亲一起攀爬缥缈峰的情形。

到达半山腰的时候，方春萱已是大汗淋漓，步履飘忽，甚至还有点眼冒金星的感觉。丈夫见状，立马安顿她在山坞里的一家茶馆休息，自己则陪着宝贝女儿继续向峰顶攀登。

方春萱要杯碧螺春茶，沐浴着山风的凉爽，忽而举头，漫不经心地环视着眼前的山野风光；忽而低头，惬意地看着杯中卷曲如螺的芽尖在半开的水中慢慢地舒展、翻滚、打转，而后又悠悠地潜入杯底。

"方老师，你怎么也在这里呀？"突然背后传来了熟悉的招呼声。

方春萱转过身，发现是崇礼中学的同事李俊雅。"嗨,李老师,真巧呀！你也出来散心哪？"方春萱也很惊讶、激动。

"是呀，还有半个月儿子就要高考了，上周我先生特意回家探亲一个月。"李俊雅说道，"今天我们一家子是来爬山的。"

李俊雅是英语老师，今年教初二，也是英语教研组组长。虽说李俊雅与方春萱不是教同一学科，平时工作上接触也不是很多，但她们两个同为教研组组长，同是学校的教育教学骨干。也许是因为对方年长自己五六岁的缘故吧，方春萱总觉得李俊雅平时的性格比较内向，除了工作，她似乎很少和哪位同事关系比较密切。和方春萱一样，李俊雅也是地地道道的吴城市人，其处事方式、语言习惯也很吴城化，譬如，她对外人称自己的丈夫为"先生"，而从来不称"老公"。

只见李俊雅很亲热地在方春萱身边坐下，转过头又对着不远处的吧台柔声招呼道："服务生，再来杯碧螺春！"

不一会儿，只见一位一脸稚气、年龄与自己儿子相仿的服务生，很利索地将一杯清香可人的碧螺春茶端到自己面前，李俊雅便掏出手机，点开微信，在对方随身携带的付款机上"嘟"地扫描一下，就连同方春萱的那杯茶资一起给付了。

"哎呀，我自己付就行，你干吗这么客气呀？"方春萱有点儿不好意思。

"看不起人了吧？"李俊雅半开玩笑道，"我们虽然没有你们老总家有钱，可这点小钱还是请得起的吧。"

"好好好，说不过你。"方春萱见对方很真诚，也就顺水推舟道，"那我就坦然领受啦！"

"本来就是嘛。"李俊雅笑嘻嘻地，左手往方春萱肩膀上一搭，将脸凑到方春萱跟前，"怎么样？这几天老总在家，很滋润吧？"

方春萱的脸瞬间绯红："什么呀？你才是呢！"

定了定神，方春萱回过神来：李俊雅那个从军的丈夫这个月难得回家探亲，一定是喜不自胜，所以才拿自己说事呢！于是，她也凑到对方跟前，轻声回敬了一句："我们家那位可比不得你们家军人，孔武有力。"

李俊雅一时也很害羞，不过这话题是自己挑起的，她也只能吃进。"嗨，不说了，我们喝茶看景。"末了，她便迅速转移了话题。

"对了，你家先生啥时候才能退役转业呀？"片刻，方春萱关切地问李俊雅，"这么多年服役在外，也够苦你的了。"

李俊雅的丈夫是一位在核潜艇上服役的海军大尉，一年中平均回家探亲不满两次，很多时候，甚至连春节也不能回家与家人团聚。因此，自她儿子从出生到现在，都是她一个人拉扯大的。这是全校都知道的。作为军属，李俊雅本应得到学校的照顾，减轻工作量的，可要强的她愣是不肯，从开始工作到现在，从来都和其他英语老师一样，长期担任两个班级的教学任务，而且还一直担任班主任的工作。只是自她儿子上了高中后，据说因为孩子贪玩又叛逆，学习成绩直线下降，她才主动要求辞掉班主任的工作，以便腾出时间照管孩子。

"再熬四五年吧。"李俊雅轻轻地叹了一口气，侧过头望着前面山谷中漾起的一团浓雾，眼里分明掠过一层阴影，"等儿子军校毕业了，分配好工作了，他就该回到地方来了。"

军中到了一定级别的军官子女上军校，这是拥军优属政策中的一条规定，所以李俊雅的儿子上军校也是自然而然的事了。只是据说这孩子成绩很差，能考上吗？方春萱心想。

"我们家儿子只要参加高考就行了，军校是肯定能上的。而且是属于后勤保障一类的专业，以后再也不用像他爸那样辛苦了。"李俊雅收回目光，看着方春萱低声说道，"这事你可别外传啊！"

"那真要祝贺你了。"方春萱真诚地说。

"祝贺什么呀！"没想到李俊雅一副不高兴的样子，"这可是他在外用命换来的，也是我这几十年守活寡换来的。"说着，李俊雅禁不住流下了两行眼泪。

这情形，让方春萱内心着实万分惊讶。凭着女人敏感的直觉，她深知李俊雅这么多年内心一定积聚着常人难以承受又无法言说的委屈与痛苦。看来，她在学校那么拼命地工作，其实也是在转移注意力，以减轻内心的寂寞与痛苦啊！她的内向性格，更是其生活经历使然哪！

这么想着，方春萱的心头也不由得涌起了一股伤感之情。她赶紧掏出纸巾，递到李俊雅手里；然后默默地握住她的双手，轻轻地抚着。

而李俊雅的感情闸门一旦打开,一时间也难以关住了。她红着眼眶,继续诉说道:"你别看我先生外表身材高大、一表人才的,其实,因为常年受核辐射的缘故,他的腰部以下身体皮肤几乎没有一处地方是好的。每次回来看到他这副样子,我都心疼得忍不住要哭。"说着,又簌簌地掉下了眼泪。

此刻的方春萱除了默默地陪她伤心落泪,与轻轻摩挲着她的双手,一时也说不出半句安慰的话语。

返程的路上,方春萱任凭开车的丈夫与坐在副驾驶上的女儿,一会儿相互打趣,一会儿絮絮叨叨地说些零碎的话,她却独自坐在后排坐上想着心事。

今天偶遇李俊雅,让她感慨万千。是呀,老话说得一点儿都没错,家家有本难念的经。不过,知晓了李俊雅的生活遭遇,让她更加感觉自己要比她幸运多了,虽说丈夫工作繁忙顾不上家庭,但毕竟还是聚多离少,经济宽裕,身体也是健健康康的。即使是当年的父亲,如果与眼前的李俊雅相比,也要幸福得多呢!同时也让她明白,原来所谓的敬业,有的是主动的,譬如自己;也有的则是被动的,譬如李俊雅。但无论如何,李俊雅面对困苦生活的忍耐与坚强,还有她对这份职业的态度,让自己深深感动与敬佩!

十四

二模考试如期而至。

此次模考从命题到监考再到阅卷，都是崇礼中学独立操作的，因而与兄弟学校没有什么可比性，其主要意义是为了给初三毕业班的孩子加油鼓劲，提升信心。因而二模考试的各科难易度普遍适中，一模考试中个别偏难的学科甚至故意在此次命题中放水呢！

第一场当然是语文。方春萱是语文教研组组长兼初三备课组组长，此次监考没有进班，而是被安排在场外巡视。她巡场一圈后，见没有什么异常情况，便回到了办公室。

"小方，知道吗？本次我校参与吴城市'名教师'荣誉角逐的有三位呢！"老董见办公室只有他们两个，便提醒方春萱道，"除了你，还有小袁主任与张峰主任。"

方春萱心想，这下可悬了，他们两位一个是德育处主任，一个是教学处主任，客观条件可要比自己有利得多呀！

"如此说来，我是没戏啦？"在师傅面前，方春萱毫不掩饰自己的担心，脸上笼上了一层阴影。

"那倒不一定。"老董给徒弟分析道，"这一来呢，王校长很看好你，还准备重用你呢，你跟他们两位在他心目中的地位至少是不分伯仲的；二来呢，'名教师'的荣誉称号，本来也不是按名额分配到各校的，其结果很有可能是许多学校一个名额也没有，而有些学校可能有几个呢！再说，我们崇礼中学是市区直属学校中最好的初中，多评上几个也不是没有可能呀。"

老董的这番分析，多半是出于对徒弟的鼓励。方春萱听了，似乎对自己增加了几分信心。

"你好好准备材料就行了。这是在全市的竞争，到了上面，一看材料是否过硬，二看你有没有现场上课的真本领。"末了，老董又提醒道，"当然，上面有关系就更好了。你可以提前跟沈局打个招呼呀！"

见师傅对自己的关心与点化如此无微不至，方春萱心里洋溢着满满的感激之情。"即便是为了不辜负师傅的关心，这次也得想法把这'名教师'评上。"她对自己说。

突然，办公室电话响了起来。方春萱猜测可能是教学处打来的，或许是试卷出了什么纰漏，便赶紧拿起电话。

"是方老师吗？"方春萱听口气是教学处主任张峰，"方便的话，麻烦你马上来教学处一趟吧。"

方春萱满口答应，立即赶了过去。到了那边，见张峰独自一人坐在桌前，正对着一张全校教师"七认真"检查评分表琢磨呢。于是，方春萱立马知道缘由了。

"方老师呀，你看李俊雅老师的等第是不是高了点？"张峰抬起他那张瘦猴般的脸，干笑着说。

方春萱凑近一看，当时自己给她的等第是"优"。

"应该不会错的。"方春萱肯定地说，"当时是完全按照备课与作业批改本情况打的等第。李老师平时很负责很敬业的，再说她又是教研组组长，应该不会有问题。"

张峰见方春萱如此斩钉截铁，只是"哦哦"地应了几声。不过从他脸上的表情看，还是表示怀疑的。这让方春萱很纳闷：李俊雅兢兢业业的，张峰主任怎么会对她的工作态度表示怀疑呢？

"没什么，我也只是谨慎起见，再审核一下。随便问问的。"张峰没想到方春萱对李俊雅的印象这么好，也就轻描淡写起来。他从办公桌前站起来，做出一副送客的姿势。当他把方春萱送到门口的时候，又加了一句，"方老师，没准我们以后会在同一办公室呢！"

方春萱明白，张峰这话看似漫不经心，实则是在试探自己。当然，也可以理解为，这是对方在跟自己套近乎。只是目前她自己都是云里雾里的什么也不知道，自然不好表态，只得报以淡淡一笑。

估摸着考试时间已经过去了一半，方春萱没有再回办公室，而是直接前往教学楼三楼初三各班考场外的走廊里，再次巡起场来。刚走到自己班级门口，迎面遇见了正在巡视的王副校长。

"王校好！"方春萱低声招呼道。

王副校长停住脚步，放下本来反抄着的双手，笑眯眯地对方春萱点点头："方老师这阶段辛苦了！"

"还好还好。"方春萱口中客气地应承着，心里却想："这王副校长就是情商高，有领导风范，连打个招呼都让人感觉温暖。难怪当初上面会提拔他上位！哪像这个张峰，满肚皮的疙疙瘩瘩。"

方春萱正欲继续往前走去，只听见王副校长又叫住了她："方老师，什么时候有空呢，我想找你谈谈，有些事情要征求一下你的意见。"

方春萱满口答应。和王副校长分开后她将整个初三考场巡场一圈，便又回到了办公室。刚坐定，方春萱琢磨起来：王校会有啥事要征求我的意见呢？关于初三班级管理的，他可以向小袁主任了解；关于初三班级教学的，她应该向教学处打听呀。那么，莫非是师傅所说的关于要重用自己的事？那也没到时候呀！此刻，她真想听听师傅老董的意见，可他又不在。疑惑了好一会儿，一时也理不出个头绪，方春萱便只好作罢。

为了尽快出成绩，当天中午，方春萱与全体初三语文备课组的老师们，便投入到了紧张的阅卷工作中。直到整个校园人去楼空，暮色渐浓，大家才纷纷头昏眼花地下班回家。

第二天，整个初三年级依然是考试。方春萱一早赶到学校，安顿好班级，正欲下楼，看到王副校长巡视校园结束，正在返回行政楼校长室。她便回到自己办公室，想想暂时也无事可做，便给王副校长拨了个电话。征得对方同意后，她就朝校长室走去了。

路上，她遇见了办公室主任刘艺。刘艺主任看见方春萱，竟主动上前，很热情地招呼道:"方老师,这一大早就去面圣呀?"

"哟,刘主任好!"方春萱也很亲热地答道,还伸手拍拍对方的肩膀,"圣上召见,敢不去吗?"

刘艺平时是个很严肃的人,除非是领导或闺密,一般不大主动搭理人,因此,张峰给她起了个外号叫"冷美人"。可今天她那口气,居然跟自己亲切得像老朋友一样。这让方春萱很是纳闷。

和上次不一样,这回,当方春萱出现在副校长室门口的时候,没有闻到刺鼻的烟味,而是看见王副校长正埋头看着桌上的一小叠打印稿。他面前的紫砂茶杯里还冒着热气,显然茶也是刚沏的。

"王校。"出于礼貌,方春萱站在门口,招呼道。

王副校长头也不抬,只是伸出右手朝他桌前的沙发摆了摆,示意方春萱进来坐下。那样子,仿佛面前的那叠打印稿对他有大的吸引力似的。

方春萱很优雅地坐在沙发上,面带微笑,环视着室内的陈设。王副校长背靠的粉墙上,是一幅烟水苍茫的山水画,云蒸霞蔚中数峰苍山高耸,充溢着勃发的生机;下方的红木长条桌上,是一方灵璧山石。对面靠南的墙角边,一架花梨木花架上的青花瓷盆里,盛开着嫩黄色花蕊的君子兰,枝条垂挂。一旁的南窗外,则是校园正中的大花园,花木扶疏,晨鸟啁啾。

"方老师,你先看看这个。"不一会儿,王副校长也坐到方春萱身边的沙发上,还给她递上了一杯碧螺春。

方春萱接过一看,就是刚才王副校长专心研究的那一小叠稿子。第一页上方,赫然写着一个大标题:崇礼中学书院式教学实施方略。

"市教育局要求各校进行创新教育探索。于是，我们前阵子就邀请了吴城大学教育学院的几位熟悉的教授，帮我校做了个策划，想在书院式教学方面做些尝试。"王副校长给方春萱解释道，"这段时间正值初三关键期，所以之前没有惊动你。现在几位教授拿出了初步意见，但我反复研读后感觉里面理论多而实际少，可操作性不强。今天叫你来，想请你从教育教学的实际出发，谈些看法。"

方春萱完全没有思想准备，感觉颇为突兀。她埋头看了两页，抬起头答道："王校，在这个方略中，对书院式教育的内涵与外延诠释得很到位，而且把书院式教育的特性与其在当代教育教学中的价值也论述得很精辟。只是如你所说，太理论化了。我们要解决的问题是，如何将其与我们初中教学的实践融合起来。"

王副校长甚为高兴，心想：方春萱的传统文化果然功底深厚，看问题一下子就切中要害。他面带微笑，以十分赞赏的口气对方春萱说道："这样，方老师，能否等中考过后，麻烦你花点时间草拟个具体方案？"

"还有，这个方略似乎着眼于书院式教育，而我们谈的应该是书院式教学吧？"方春萱似乎没有听到王副校长的话，还是顺着自己的思路往下说，"王校，你看是否把这个基本概念明晰一下？"

"嗯，对的。我准备在明天的校长办公会议上确认一下。"王副校长认真地说。说实话，他是十分欣赏方春萱的认真与细心的。

"最好再组织相关老师研讨一下，在集思广益的基础上，到时我再整理成文本。然后交由吴城大学教育学院请教授们审核一下。"方春萱心里清楚,这是崇礼中学将要推行的一项教育教学改革举措,所以,她这样提醒王副校长,一是出于慎重,二是为了让自己起草的文本更具有针对性和操作性。

方春萱离开后,王副校长回到办公桌前,点上一支烟。吞云吐雾间,他心想:依方春萱的才能,似乎应该将她放在教科研的位置上更合适,这样对接下来的书院式教学实施是十分有利的。可是,目前这教学处非改组不可了。一时间,他有些犹豫了。

方春萱到了楼下,听见初一初二第一节下课铃声响起。刚转弯来到礼耕堂前的小花园旁,只见李俊雅跟刘艺两个人在小声说着什么。她们身后的一棵石榴树开得正艳,那满枝醒目的花儿在初夏早晨的微风中轻轻摇曳,婀娜多姿。此刻,张峰腋下夹着课本,右手拿着块木制三角板正向教学大楼走去,大概准备上课去。张峰看见她们两个,斜睨着眼望了一下;走了几步,又回头看了她们一眼。走在他身后的方春萱目睹着这一幕,一时也弄不清他是在关注李俊雅呢,还是刘艺主任。

"方老师!"突然间,袁宏伟像是从地底下冒出来似的来到她跟前,"一早上一直找你呢,从办公室到教学楼,现在总算找到你了!"

"小袁主任,有事吗?"方春萱心想,我什么时候变得那么重要啦,值得你如此大张旗鼓地寻找。

"是这样的,市局要评选优秀班集体,王校说我们学校这个名额给初三年级。"袁宏伟看着方春萱的脸,郑重其事地说,"我觉得吧,在初三所有班级中,无非我们两个班级最有资格。你说呢?"

方春萱似乎听出了袁宏伟的言外之意，但也不知该如何表态。但不管怎么说，总得走个民主推举的流程吧？她这样想。

见方春萱不表态，袁宏伟一时也不知道她的真实想法。顿了下，他便说："反正你考虑下吧，今天要上报的。"其实，在袁宏伟看来，主要是让方春萱明白：这个优秀班集体，必须在他们两个班级中产生。至于能不能轮到自己班级，自己可以到王副校长那儿去争取。

而方春萱的想法却是：优秀班集体应该在整个年级中公平竞争。这种评比，学习成绩其实只是一个方面，还有诸如班纪班风、思想品德、体育活动等方面，应该综合考虑与评估。再说，如果荣誉都让所谓的成绩好的班级包揽，那么今后谁愿意去带那些学习成绩差的班级呢？这对学校管理也不利呀！

方春萱回到办公室，发现除了监考的，其他老师都齐齐整整地坐着，有的批阅作业，有的在电脑上埋头写学生评语，还有的半躺在椅子里看手机。方春萱则静静地坐在桌前，翻检着昨天的二模试卷，为明天的评讲做准备。当她翻到凌云的卷子时，发现他居然考得特别好！看来，这孩子情绪稳定了，学习也进入状态了。方春萱心想。

这时，桌上的手机震动了一下。方春萱点开一看，是钱书豪发来的微信："方老师，今年的'名教师'评比工作要增加演讲环节。主要是表达对当下基础教育的见解，以考察参评者的教育教学理念。望早做准备！"

方春萱简单地回复了句："知悉。谢谢！"

这时，袁宏伟风风火火地来到了办公室："各位，学校将今年的优秀班集体名额放在了我们初三，请大家民主投票，每人一票。麻烦通知下正在班级监考的老师，中午填好后我过来收。"他一边说，一边把选票放在每位老师的办公桌上。等发到方春萱跟前时，还意味深长地对她笑了笑，仿佛在提醒她什么似的。

袁宏伟离开后，方春萱在选票上填写了初三（3）班，因为她觉得这个班虽然学习成绩一般，但从刚进初一时的名副其实的乱班、差班，变成了今天这样跟其他班平起平坐的班级，实在是不容易。初三（3）班的班主任是个默默无闻的中年女教师，工作勤勉踏实又不张扬。这样的班级、这样的班主任，就该得到应有的肯定与鼓励！事后，她还把这个想法跟其他几位老师通了下气，颇有点儿为这个班级与这位老师拉票的意思。而当她跟师傅老董说起这个想法时，老董先是一愣，然后也按照徒弟的意思，投了初三（3）班一票。

中午在食堂吃饭的时候，老董故意跟徒弟坐在一块儿。

"你呀，太善良太实诚了。"老董点拨道，"你想呀，小袁想要这个优秀班集体，是在为自己今年参评'名教师'加分。你也可以争取为自己加分呀！"

说实话，方春萱没有想到这一层。现在经师傅老董这么一说，她才明白过来，于是她也觉得自己太后知后觉了。同时，她更加体会到袁宏伟的精与鬼了！

"当然啦，这也说明了你的正直与厚道。"老董继续说道，"现在经你这么一鼓动，初三（3）班的票数自然不会少。我想学校也肯定会尊重民意的。"

当天午后，老董趁王副校长巡视校园的机会，很巧妙地在他面前表扬了一通自己的徒弟方春萱，说她做事如何公平、如何善于调动老师们的积极性，试图为自己的徒弟也加加分。

学期结束时，学校似乎是为了安慰或是奖励方春萱与袁宏伟，分别给了他们吴城市"优秀德育工作者"与"优秀班主任"的荣誉称号。

十五

中考日益临近,整个初三年级的气氛也越发地紧张起来。

这些天,一些老师甚至连课间十分钟的休息时间也不给学生留了。学生们呢,似乎也默认并习惯了这种节奏,几乎没有一个"反抗"的。很多时候,方春萱课间去班级查看情况,常常被挡在门外,因为教室里总有任课老师在拖堂。有的出于礼貌对她笑着摆摆手,有的只当没看见,继续滔滔不绝地讲着习题。尤其是午休的时候,还有老师在教室里上课。学生们呢,或者耷拉着脑袋似听非听,或者直接趴在课桌上呼呼大睡。再看看隔壁袁宏伟班级,也是如此。这可让方春萱甚是焦虑:如此疲劳战,毫无效果不说,对学生的身心简直是一种摧残哪!

一开始,方春萱在办公室表达了自己的忧虑情绪,并半开玩笑说:"如此剥夺学生的休息时间,这叫'十分残酷'!"她希望得到其他毕业班老师的呼应,可居然应者寥寥。

于是,方春萱找到袁宏伟商量对策。

"小袁主任哪,这个情况可不妙呀!"方春萱显得忧心忡忡,"你最好再了解下其他班级的情况。"

"早了解过了，每个班级都有这种现象。"袁宏伟说道，"现在需要各科均衡发展，着眼学生中考的总分。"

"一定要保障学生有充足的睡眠。我们可以出个告家长书，跟家长明确，凡是学生作业超过晚上十一点钟，便中断作业，让孩子睡觉。"方春萱先出了个点子。

袁宏伟点头称是，并说："还要规定各科老师严格控制作业量。"

"对！同时规定，坚决杜绝拖课和午间进班补课现象。"方春萱补充道，"最好每班每天安排一节课外活动课，强制学生到操场参加体育锻炼，通过体能运动减轻精神压力。"

就这样，两人一合计，便基本商定了一个整改措施。两天以后，他们便以年级组与学校德育处的名义，给所有初三老师下发了个书面通知。内容如下：

    1. 任何学科、任何老师都不得侵占学生的课间与午休时段，以确保学生得到应有的休息。

    2. 各科老师每天布置课堂作业与回家作业总量不得超过半小时。责令各班主任每天统计各科作业量，并汇总到年级组，以达到监督之效果。

    3. 如果有学生对于有难度的作业完不成，各任课老师不得要求学生补做或罚做；如有此类现象发生，年级组将上报学校对相关老师进行批评教育。

可实事上，依然有老师我行我素，因为他们觉得，这中考成绩是学生的，也是老师的。初中三年，搏的不就是这一考吗？即便平时考得再好，中考成绩拿不出，那就等于零！反之，如果平时考得不太好，但中考考好了，那就是成功，领导、同行与家长都会对你刮目相看。所以，大家无不铆足了劲儿，作殊死一搏。

只是这些老师并不明白这个基本的道理：到了最后的冲刺阶段，无论是学生还是老师，其实拼的不再是时间与精力，而是心态了。只要平时基本功扎实，此时此刻谁气定神闲、从容不迫，谁就会笑到最后。更何况，老师的心态严重影响着学生的心态。你越是让学生精神放松，轻装上阵，学生便越会正常发挥甚至超常发挥；反之亦然。而所有这些，其实靠的是老师的悟性，别人，哪怕是领导，都是强迫不来的。方春萱心想。

出于无奈，每逢语文课，只要发现有较多学生打瞌睡或者注意力严重不集中，方春萱便当即停课，让全班学生伏案休息一刻钟。这一做法，她跟同事戏称为方氏原理：45-15>45。后来，她发现袁宏伟居然也是这么干的。"真是英雄所见略同哪！"方春萱默默感叹道。

那天中午，方春萱因为上午第四节课后找班上的一位学生谈心，晚去食堂了。于是，在食堂遇见了王副校长。因为王副校长自从主持学校工作以来，和之前的沈校长一样，他通常都是在老师们午餐高峰之后才到食堂用餐的。只见王副校长端着饭菜，特意坐到方春萱对面。方春萱也不介意，打了声招呼，便继续吃着自己的饭。

"方老师，"王副校长语气平和，显得十分轻松，"这个李俊雅老

129

师的'七认真'等第,据说你打了'优',而张峰主任跟你商议之后改成了'良',是吗?"

方春萱感到十分惊讶,放下手中的筷子,抬起头一脸疑惑地说:"不是呀,张峰主任是询问过我,不过我说明情况之后,他同意给李老师'优'的呀!"

王副校长听了,只是"哦"了一声,就不再说什么。

返回办公室的路上,方春萱越想越觉得不对劲儿,心里气鼓鼓的,她很想去质问一下张峰,但转念一想又觉得不妥。回到办公室之后,她便将事情的原委给师傅老董说了一通。"这人怎么这样呀!"末了,她气愤地对师傅说。

"这张峰主任跟李俊雅早年有些感情纠葛,据说后来又发生了点什么事,这死结就算打上了,估计一直都没解开。"老董解说道。

"那也不至于这样呀!"方春萱依然很气愤,"工作是工作,感情是感情,一码归一码呀!对老师的评价总该实事求是吧?"

"他这气量呢是小了点儿,而且这样搞小动作也有点儿不地道。"老董劝慰道,"不过,既然王校知道实情了,你也不必放在心上了。翻篇吧!"

"但这对李俊雅不公平呀!"方春萱似乎并不想就此罢休。

"放心,王校自会处理,校长室有最终裁决权的。"老董再次劝说徒弟道,"没准以后你们还要在同一间办公室共事呢,有些事情心里有数即可。"

方春萱听了这话，才稍有释怀。不过，她心里还是嘀咕道："一个大男人，气量如此之小，怎能成大事？难怪当初会败给王副校长！不过，他跟李俊雅到底有什么解不开的结呢？"

老董似乎猜出了徒弟的疑惑，继续说道："这张峰主任跟李俊雅的恩怨哪，我也只是零零碎碎地听说了些，又不便多作打听。具体情况，恐怕只有刘艺主任他们最清楚了。"

但方春萱对此并不太感兴趣。她一直认为，感情方面的纠葛最是说不清道不明的，再说也无所谓对错。作为局外人，根本没有必要去说三道四。

傍晚的时候，方春萱回办公室准备下班，迎面遇见张峰。

"张主任，这个'七认真'的等第，你还是给了李俊雅一个'良'呀？"

张峰先是一愣，但旋即反应过来："是的，这两天都快期末迎考了，她居然还请假了。这种教学态度还是有点问题的嘛。"

方春萱恍然大悟：原来那天早上李俊雅跟刘艺主任说的是要请假的事情啊！一定是她儿子要去省城参加军校高考了。

"人家家里有事。儿子参加高考，是一个家庭的头等大事，请个假也是情有可原的呀。"方春萱不假思索地反驳道。

张峰被这么一抢白，甚是尴尬，涨红了脸道："反正让校长室去定夺吧。"然后，拉长了猴脸，转身离开了。

望着张峰远去的背影，方春萱的嘴角牵出一丝苦笑，无奈地摇了摇头。凭着女人的思维，心里说："如果当年李俊雅真摊上这么个男人，那才叫倒霉呢！"

而此时，袁宏伟却被刘艺主作叫了过去。袁宏伟接到电话时正在班级里准备。刘艺在电话里也没说明什么缘由，只是要他过去一趟。办公室主任找中层，要么是关于部门的数据需要采集，要么是上级有什么重要文件或通知需要当面交付或传达。这类事情司空见惯了，袁宏伟也就例行公事般，定定心心地回到办公室，收拾好东西，下班时顺道拐了过去。

"哟，袁大主任很忙吧？"刘艺见袁宏伟出现在了门口，半开玩笑地招呼道。

"嗨，我们都是瞎忙，哪有你这位大内总管忙呀！"袁宏伟也十分亲热地应答道，"又有什么重要指示呀？在下一定效犬马之劳。"

刘艺见袁宏伟大大咧咧的，压根儿没有猜到自己找他的原因，便转入了正题："是这样的，最近市教育局接到关于我校教师周末进行有偿家教的投诉，上面就把相关情况反馈到了我们学校，所以王校……"

"是哪一门学科呢？"刘艺主任的话还没讲完，袁宏伟便迫不及待地问道。因为他自己也从事有偿家教活动，而且规模还不小，在整个市区影响也很大。他最担心的是举报到自己头上，所以急切地希望排除自己的可能。

"数学。"刘艺笑嘻嘻地看着袁宏伟。

一时间，袁宏伟大为紧张。虽说数学是家教的重灾区，被举报的概率大也是意料之中；崇礼中学作为市区一流的名校，几乎所有数学老师都在做家教，但会不会一滴水掉进油瓶里，这倒霉事偏偏落到自己头上呢？

"哦。"袁宏伟竭力掩饰内心的不安,"会是谁这么倒霉呢?"

刘艺依然笑嘻嘻地看着袁宏伟,以挑逗的口气说道:"为什么没想到是你自己呢?"

这下袁宏伟彻底惊慌了,但还是不敢相信这是真的,生怕刘艺再逗他:"别跟我开玩笑了,到底是谁呀?"

"没跟你开玩笑,袁主任。"刘艺脸上的表情稍许严肃了些,"王校是今天早上接到教育局的通报电话的。下午特意把我找了过去,说是要我跟你通个气;同时,让你考虑下如何给上面一个合理的答复。因为按照规定,凡是实名举报电话,当事方都必须有解释性答复的。"

袁宏伟有点不知所措了,一时间竟然不知说什么好。为了避免尴尬,他匆忙谢过刘艺,灰溜溜地离开了。

袁宏伟心绪如麻。眼看着自己马上就要参评吴城市的"名教师"了;再说,如果不出意外,本学期结束,自己这德育处主任前的"副"字也要拿掉了。如此节骨眼上,却出了这档子倒霉事,这可如何是好?

袁宏伟下班没有马上回家,而是返回到办公室,想平复下自己慌乱的心绪,想出个万全之策来。他点了支烟,靠在椅子里,眯起眼睛看着天花板,脑子里一片空白。

良久,袁宏伟头脑总算冷静下来。今天这个事情,王副校长并没有亲自找自己谈话,一来说明王副校长并不觉得这事多么严重,二来也表明王副校长对自己还是信任的。再说,其实谁都清楚,但凡名校的老师都是有家教的,这是市场的需求,谁也禁止不了的。至于教育主管部门三令五申不允许老师从事有偿家教，那多半是为了表明政府职能部门的态度，以回应社会与媒体的关切罢了。因为大家都清楚，这家教的整治可是一项综合工程，仅凭教育主管部门是无法解决的。

王副校长是个聪明人，他深知其中的蹊跷，所以，每逢教育局出台关于禁止在职教师从事有偿家教的文件，他在全体教师会议上也只是例行公事地几句带过。如果教育局再三强调，并要求各校教师签订承诺书，他才郑重其事地在中层会议与全体教师会议上予以宣讲；但也是和风细雨地，从不上纲上线。而事实上，但凡从事家教并且规模较大的老师，绝大部分是各校的教学骨干，他们年富力强，教学经验十分丰富，教学效果也非常明显。有需求的家长们找到这些老师，也是对他们教学水平的肯定！因此，只要无人举报，王副校长总是睁一只眼闭一只眼。就在去年他尚未全面主持学校工作时，还亲自介绍过几个亲戚朋友的孩子到袁宏伟那儿做家教呢！

想到这里，袁宏伟的心似乎敞亮了许多。接下来他要考虑的是如何答复教育局。

这有偿家教是禁止的，那么无偿的呢？袁宏伟就是袁宏伟，瞬间他居然脑洞大开：对呀，我就说在家里给几个亲戚朋友的孩子做家教，属于帮忙性质，从不收费。然后再提供几个可靠家长的联系电话；只要事先打好招呼，统一口径不就行了吗？

主意拿定，袁宏伟便收拾东西下班回家。

不过，回家路上，他倒是在琢磨另外一个问题：到底是谁实名举报自己呢？同事是不可能的，因为一来自己人缘挺好，从来不得罪人的；二来没有哪位同事会蠢得去实名举报，毕竟大家每天都在校园里，低头不见抬头见。那么会有可能是家长吗？也不会呀！自己从来不去主动拉学生家教的，学生都是好不容易托了各种关系才来家教的。看来唯一的可能就是邻居了，自己住在十二楼，每到周末，学生进进出出的，也许打扰了楼上楼下的邻居。

这样想着，袁宏伟不知不觉就到了家。当晚，他与往常一样，呼呼大睡，就像什么事情也没有发生过一样。这就是袁宏伟，一个拿得起放得下的主儿！

第二天，张峰知晓了此事，心中既惊又喜。惊的是第一次听说崇礼中学有老师被人实名举报做家教；自己也是同道中人，看来以后真的该小心谨慎了。喜的是此时袁宏伟被举报，他参评"名教师"的事肯定会受到影响，因为据他估计，此次评"名教师"荣誉称号，崇礼中学有一个名额是肯定的，有两个也是极有可能的，至于三个，那是绝对不可能的。如今袁宏伟被举报了，如果他因此而被拉下来，那么，自己不就有极大的概率被评上了吗？看来，这回老天也要帮自己喽！他的心头不禁掠过一丝欣喜。

方春萱听说了此事，心想：这小袁主任也是够倒霉的，这个节骨眼上出这种乱子，无异于进仓的谷子淋上雨——等着发霉呀！说心里话，这小袁主任虽说世故圆滑，还有点儿投机钻营，但能力是真强，做事情有魄力有担当，为人处世也无害人之心，气量又大，像个男子汉！方春萱打心底里欣赏这样的男人、这样的领导！因而，她希望小袁主任不要因为此事而影响前途。

十六

高考一结束,就快轮到中考了。

按照崇礼中学多年来的惯例,中考前五天,学校会让初三学生在家自主复习。因为崇礼中学是吴城市一流学校,绝大部分学生学习都比较自觉,临考前给他们更多的自主复习时间,绝对是利大于弊。

但按照学校规定,学生放假,老师们还是要按时上下班。那天上午,方春萱来到学校,习惯性地走向班级,走到教学楼三楼时,才想起今天教室无人的。她又折回到楼下,向办公室走去。半路上,她遇见了李俊雅。一打听,知道教初二英语的李俊雅上午没课,也不用看早读,方春萱便邀她到礼耕堂前的小花园走走。

"怎么样,儿子考试还算顺利吧?"方春萱关心地问。

"状态蛮好。可能是他爸爸在家的缘故吧,临考前这孩子复习也特别地安心。"李俊雅显然心情很好,"都说女人是屋子,男人是屋里的灯。这老话一点儿都没错呢!他在家,感觉这个家也就完美了。"说完,回头朝方春萱嫣然一笑。

李俊雅所说，方春萱深有体会，自己平时一个人，每天下班回家都感觉冷冷清清。熬到周末，即使女儿回来了，但依然感觉像是缺了点什么似的。只有老公回家的日子，才感觉这家才是完整的。

"其实，我跟你的状况差不多。"话说到这个份上，方春萱也向李俊雅敞开了心扉，"其实我们家那位也时常一两个月都不回家的。即使回来，待不了几天就又走了。"说着，她便挽起了李俊雅的胳膊，一副十分亲密的样子。

李俊雅没再说什么，只是一边走着，一边欣赏着身边各色盛开的夏花。她走到一池荷塘边，见满池田田的青荷在晨曦中带露摇曳，几朵粉红的荷花欲开未开，煞是好看，便驻足欣赏起来。她许是这段时间不用上课的缘故吧，今天方春萱的心情也特别放松，也站在一旁，默默地观赏着脚下一片硕大的荷叶上那晶莹的露珠左右摇晃的情形。

良久，她们两个才离开荷塘，继续沿着蜿蜒曲径悠悠地走着。

"对了，想问你个私密问题。"突然间，方春萱像想起了什么似的，对李俊雅说，"年轻时，张峰追求过你？"

李俊雅颇为惊讶，心想：她怎么突然问起这个问题？她侧过头对方春萱莞尔一笑，道："都是些陈芝麻烂谷子的事情了，说它干吗？"

"看来有这档子事喽？"方春萱拽了一下她的手臂，追问道，"那么后来怎么就没成呢？"

李俊雅轻轻叹了一口气，淡淡说道："我们当年是高中同学，后来大学毕业后又一起分配到崇礼中学，又都是土生土长的本地人，所以本来就走得很近。后来他父母托人跟我父母说亲，把关系挑明了，便正式谈起了恋爱。"说着这话，李俊雅的眼神有点儿迷离起来，仿佛是在回忆着一段遥远的往事。

"后来呢？"

"后来接触多了，缺点就暴露出来了。你知道，其实人的有些缺点是不可原谅的。"李俊雅幽幽地说道，"譬如，他的为人太过苛刻，又比较小气。特别让我不能接受的是，他居然对父母也是锱铢必较的。试想，一个对生养他的父母都不好的人，你能指望他对你好吗？"

这会儿大为惊讶的是方春萱了。她真没想到张峰居然是这种人！她又一次为眼前的李俊雅感到庆幸。同时也明白了张峰至今都对李俊雅怀有报复心的缘由了。"嗨，这世间，真是什么人都有啊！"她在心里感慨道。

"嗯，看来你当年做了个十分明智的选择！"方春萱朝李俊雅扮了个调皮的鬼脸，半开玩笑地说。

李俊雅却一点儿都没有玩笑的意思，继续说："后来，我母亲告诉我，他到现在都跟父母不和的，连孩子也不去爷爷奶奶家。过分吧？"

"其实，我倒觉得，他父母可能也有问题。他现在对父母的态度，就是他父母当年教育他的结果。"方春萱沉吟片刻，分析道。但她不想再继续这个话题了，便又以故作轻松的口气对李俊雅说："反正你最终没有成为受害者，这是最大的幸运。你说呢？"

李俊雅笑笑，便不再作声。而方春萱呢，此刻很想告诉她张峰现在对她的态度，但终究还是忍住了。

方春萱回到办公室，想起了王副校长要她草拟的书院式教学实施方案的事，便趁着难得的清静，仔细研读起了王副校长给她的资料。

其实，对于拟写这份草案，她心里还是有底的。因为这几年她在吴城大学教育学院读在职研究生，所写的毕业论文就是关于中国古代书院式教育对当今基础教育的借鉴意义方面的内容。再加上自己一直处在教育教学一线，对当下教育的种种弊端感受颇深，她心里早就萌生了撷取书院式教育的精华以改善当下教育教学弊端的念头，只是一直苦于没有平台罢了。如今，王副校长想要尝试这方面的实践，可谓正中其怀。

再说袁宏伟。当天一到校，他便直奔王副校长办公室汇报工作去了。这念头是他一大清早睁开眼躺在床上时想到的。因为他觉得昨天傍晚他的关于王副校长在对待自己被举报这件事情上的态度，只是一厢情愿的猜测，必须见上一面看准苗头，自己才能彻底放心。

走到副校长室门口，袁宏伟发现门已打开，王副校长正在沏茶。他便轻轻敲了几下门。

"请进！"王副校长头也不抬，继续从精致的瓷罐里取茶叶。

"王校现在可有空？"袁宏伟径直进了门，往沙发上一坐，"我想向您汇报下近来招生工作的情况。"

王副校长一听是袁宏伟的声音，这才抬起头，十分和蔼地答道："好！我本来还想问问你进展的情况呢。"

于是，袁宏伟将事先想好的关于招生工作的情况做了一番详细的汇报。王副校长端坐在办公桌前，一边喝茶，一边耐心地听着，并不时打断袁宏伟的话语，做些询问或指点。完毕，袁宏伟便掏出一支烟，递给王副校长，点上；自己也点上一支。两人就这样在吞云吐雾间，又说些无关紧要的话语。其实，袁宏伟是想拖延点时间，看看王副校长是否会提及关于自己被举报的事。没想到自始至终，王副校长像压根儿不知道这事似的，神情轻松自如，态度和蔼可亲。

看来，自己昨天的分析完全正确，王副校长根本没把这事放在心上。抽完一支烟，他便告别王副校长，松松爽爽地走出了校长室。

"哟，小袁主任，大清早就去见王校长啦？"袁宏伟刚走到底楼大门口，发现张峰正迎面朝自己走来。他那似笑非笑的表情，总让人感觉有点儿不舒服。

"张主任好呀！"袁宏伟礼节性的回敬了一句，然后大步朝自己办公室走去。

坐在办公桌前，袁宏伟将昨天反复斟酌过无数遍的"答复词"在键盘上敲了下来，并迅速发给了刘艺主任。不一会儿，刘艺便回复他一个微笑的表情。然后，袁宏伟呆呆地坐着，脑子里似乎一片空白。

将近中午的时候，方春萱、袁宏伟、张峰等人分别接到办公室主任刘艺的电话，说是下午第三节课后，要他们参加王副校长主持的关于书院式教学的研讨会。方春萱自然心知肚明，但袁宏伟与张峰颇有点儿一头雾水的感觉。

方春萱放下电话，便越发觉得这书院式教学的实施方案自己应该尽快拿出来了。于是,她整理了下思路,打开电脑,准备着手撰写了。对于把概念界定为"书院式教学"还是"书院式教育",经过再三斟酌,她觉得还是着眼于"教学"较为妥当。因为"书院式教育"完全属于封建教育的范畴,包括德育与后勤保障以及其赖以生存的整个教育的外部环境;而当下的现代教育需要借鉴的只是"书院式教育"的理念与部分方法或路径,完全是为了取其精华去其糟粕,以达到古为今用的目的。这一概念明晰了,方春萱便大致罗列了个提纲,以及纲要下面的子目录,然后撰写起来。

袁宏伟放下电话的第一感觉是,这应该属于教学处与教科室的事务,跟自己并没有多大干系,自己到时最多也就是根据王副校长的统一部署,参与配合罢了。

想得最多的是张峰。"书院式教学?这个姓王的又准备放火了?既然是属于教学范畴的,为什么之前没有跟自己通气呢?这明显就没把自己这个教学处主任放在眼里呀!哼,看他以后如何在自己这个核心部门组织实施!"

下午会议的规格极高。王副校长、所有副校长、各部门负责人、各教研组组长一干人马悉数与会。王副校长见所有人员都已准时到齐,便宣布会议正式开始。

首先,王副校长传达了吴城市教育局关于要求各直属学校争创优质教育与特色教育学校的通知;并结合通知精神,具体分析了崇礼中学在这方面的优势与劣势;又宣讲了一大通关于在崇礼中学实施书院式教学的可能性与必要性等。然后，由分管教学的副校长具体说明了崇礼中学在这方面所做的前期准备工作，包括专门邀请吴城大学教育学院几位教授撰写实施方略，以及校长会议对此事所展开的几次专题研讨等事宜。紧接着，分管教学的副校长又将那几位教授所撰写的实施方略要点向大家做了介绍。

所有这些流程走完，会议便进入了研讨阶段。王副校长要求大家畅所欲言，对在崇礼中学实施这一重要改革举措发表见解，并抛出了两个议题：一是实施范围是"教学"还是"教育"；二是各学科的实施设想与展望。其结果是，大家各自结合本学科的实际情况，畅谈了实施书院式教学的设想或困难，而对于实施范围鲜有谈及。

此刻，王副校长观察着大家的讨论，发现方春萱似乎十分低调，她微笑着坐在椭圆形会议桌一旁，一言不发。王副校长清了清嗓子，插话道："方老师，谈谈你的看法呢。"

方春萱一愣，随即依然微笑着，欠了欠身子，说："好，那我就刚才王校所说的第一个问题发表些自己的粗浅看法。"

大家的目光便齐刷刷地望着她。袁宏伟更是侧过身子，望着方春萱就座的方向，摆出一副认真倾听的架势。张峰呢，则是朝方春萱斜睨了一眼，然后便继续埋着头，刷着手中的手机；不过，双耳直竖着，像是两根窃听天线。

"我觉得把实施范围限定在学科教学范畴内比较妥当。"方春萱首先亮明了观点，然后便分条阐述了理由。而且既引经据典，又剖析了学科教学的案例。整个发言条理清晰，有理有据。理论分析有高度，实例解析很透彻。尽管整个发言长达五分钟，但大家并不觉得冗长，王副校长更是不停地点头称赞。她的发言一结束，全场便响起了热烈的掌声。

"刚才，方老师的发言很好，很有水平，显然是经过深思熟虑的！"等待会场掌声停息，王副校长便点评道，"真心希望我们崇礼中学的每一位老师都能像方老师那样，以主人翁的姿态，积极投身到学校的教育教学改革中来。"

方春萱的脸颊瞬间唰的一下绯红起来。

"下面，请其他老师也来谈谈呢。"过了一会儿，王副校长见全场静悄悄的，便点名道，"小袁主任，你来谈谈吧。"说毕，便含笑注视着袁宏伟。

袁宏伟的脸一下子涨得通红，显然他没有任何思想准备，所以当王副校长点到他名字的一刹那，有点儿蒙了。但他很快反应过来，直了直身子，说："好，那我也发表些个人不成熟的看法。"

这会儿轮到方春萱注视他了。只见她侧着头，身子微微前倾，也摆出了一副洗耳恭听的样子。

"我跟方老师的意见刚好相反。"袁宏伟看着方春萱说道，"我觉得，这既然是我校的一项重要改革举措，就应该聚全校之力，做整体推进。这样，全校老师人人参与，改革才会深入人心。"

方春萱依然微笑着，不动声色。不过心里想：这小袁主任就是喜欢标新立异，以博得王副校长的重视。

而王副校长呢，这回没做任何点评。其实，他也是深知袁宏伟的：这小袁主任就是干实事的料，如果要他策划些攸关学校全局性工作的东西，就难为他了。

此刻，张峰主任又抬起了头，看了袁宏伟一眼，寻思道："这家伙真会揽事。书院式搞成了'教育'，难不成把整个崇礼中学改成崇礼书院？亏他想得出！发表意见也不看看山色！"

"还有张主任，你也发表下看法吧。"王副校长居然点到张峰的名字了，"如果如方老师所说，那我们这书院式教学主要是你们教学处的事情啦！"

一听这话，张峰明显觉得王副校长是在将自己一军呀！他微微抬起头，似笑非笑地答道："这是我们教学处责无旁贷的分内事。反正相信学校到时一定会统一筹划的，我们教学处认真执行就是了。"

这话说得看似认真，实则是在推卸责任。但王副校长也不计较，他之所以要张峰发言，实际上是在提醒他：以后可要老老实实地接受自己的领导，别再自以为是、不自量力了。

张峰发完言，继续埋头刷他的手机。

散会后回到办公室，已是五点多。方春萱突然接到钱书豪打来的电话："方老师，还没下班吧？"钱书豪寒暄了一句，然后直奔主题，"今天人事师资处开会商定了本年度'名教师'的申报办法，对之前的条例稍做了修正。"

"哪些方面的修正呢？"方春萱有些急切地追问了一句。

"主要是限制了总额,再也不像以前那样符合条件就可以上了。"钱书豪继续说道,"同时还规定每个学校限报一名,并要求各学校严格把关,不得把矛盾上交。"

方春萱知道,这所谓的"把矛盾上交",就是凡是一个学校有多个老师符合申报条件的,学校必须事先做好筛选,只选择其中一位上报到局里。

"好的,我知道了。谢谢你啊,小钱!"方春萱挂断电话,心想:看来自己今年希望渺茫了呀。撇开张峰不说,单说那位小袁主任,他那么会钻营,肯定会不择手段地动用一切关系的,自己哪是他的对手呀?不过,看看下班时间已过,自己又没学生需要操心,她便不再多想,背起包径直下班回家去了。

十七

6月17日至19日，是吴城市的中考日。

整个吴城市，从城区到乡村，无不严阵以待。建筑工地停工，为的是让所有考生有个安静的应考环境；交警全员出动，为的是疏通道路；学校周边马路实施交通管制，所有车辆与行人全都绕道而行，为的是避免对考场考生造成干扰。

多年来，崇礼中学所奉行的是小规模精品化办学模式，即每个年级十二个班，每班学生数量不超过四十五人。全校三个年级共三十六个班，学生总人数为一千六百左右。而每年中考，全校提供的标准化考场有十八个，存留一个年级的教室作为考生与送考老师的休息室。而这些休息室，往往安排在底楼的初一年级教室。

和以往一样，第一场是语文。对于中考、高考首场考试为什么总是安排语文科目，每到考试季，难得有暇且爱思考的老师们总要探究一番。其探究结果不外乎如下因素：一是语文为基础性学科，是学习其他所有学科的前提与条件；语文又是母语教育的课程，安排在首场，无非体现其重要性。二是语文是一门主观性极强的学科，作文也好，阅读理解也罢，学生考完，往往很难判断其答题的对与错，甚至感觉云里雾里。因此，往往自我感觉良好或者了无感觉，不会对他们的后续考试造成心理影响。

那天一早，方春萱早早来到学校。才到校门口，她就看见两位民警与几位保安表情严肃地站在那里了。走到他们跟前时，她感觉大家都用十分惊奇的目光打量着自己，便故作镇静地朝他们点头微笑致意，然后迈着优雅的步伐不急不缓地继续向校园走去。

"方老师今天像个走红地毯的明星呀！"冷不丁地，袁宏伟不知从哪儿冒了出来，"鲜红亮丽，雍容华贵！"

方春萱下意识地看了看自己今天这身玫红底色金黄碎花的旗袍，与深红色高跟皮鞋，抬起头，也打趣袁宏伟道："你不也是红得发紫呀？"因为袁宏伟今天也穿着一件深红色的鳄鱼牌T恤。

"对对对，开门红嘛！"袁宏伟满脸喜气，"不过，你还旗开得胜呢！"说罢，两人竟哈哈大笑起来，笑声洪亮。

他们两个正彼此说笑着，只见所有初三班主任与第一场送考的语文老师全都陆陆续续地围了过来。男老师们清一色的红T恤，女老师们则全是红旗袍。而且，大家脸上全都挂满喜气。这一来是因为经过这三年，尤其是本学期来的奋力拼搏，如今总算熬到头了，大家都有一种如释重负的感觉；二是因为经历了无数次的统考、模拟考，以及与各兄弟学校的比对，大家对自己所教的这届学生还是信心满满的。

其实，这三天送考中，老师们的穿着还是大有讲究的。这不妨称之为考试文化。这些年，每到中高考日，家长们或在家祷告祖先，或进庙烧香求签。老师们则在这三天的穿着上动心思、讨口彩。譬如，第一天要穿红色衣服，女教师外加旗袍，寓意"开门红""旗开得胜"；第二天则要穿绿色衣服，寓意"一路绿灯""顺顺畅畅"；第三天就必须穿灰色与黄色搭配的衣服了，寓意"走向辉煌"。有些学校老师的衣服则是由年级组或德育处统一策划，干脆统一定制 T 恤，并印有诸如"考的都会，蒙的全对""沉着应试，无往不胜""考场即战场，实力我最强"之类的，无一例外地充斥着励志、劝勉的意味。对此，各校领导或默认或鼓励，或既不鼓励也不反对，反正只要是对学生中高考有利的事，就让老师们尽情地发挥聪明才智，各展神通好了。

而崇礼中学本次的老师送考，更显得有条不紊，精彩纷呈，明显是王副校长授权德育处与年级组策划的。方春萱与袁宏伟等一干班主任于礼耕堂前的小花园前集合后，便按隔天与各班学生约定的地点分散开来。方春萱与袁宏伟的班级在行政楼前面的小广场集合。他们两个见学生们都早早到齐了，便逐个发放准考证，然后引领着学生来到礼耕堂大门前，一个个双手合十，徐徐而行，对着端居于堂内的先贤塑像膜拜致意，表情庄严肃穆，态度虔诚之至。即便是像凌云那样平时都坐立不定的几个孩子，也都一本正经的。有几个甚至口中还念念有词，仿佛在祈祷着什么，那严肃的神情让方春萱与袁宏伟两个人简直想发笑。其他各班也依次而行。整个五百多人的队伍，就这样不到一节课时间，在礼耕堂前迤逦而过了。

然后，各班学生便聚集到学校统一安排的休息室，安静地准备着考试。这当儿，方春萱默默地站在教室门口，仔细地观察着孩子们的精神状态。她的目光在全班每个孩子身上扫射着，此刻，她欣喜地发现，有几个放假前整天都睡眼惺忪哈欠连天的女生，现在居然全都精神饱满、脸色红润了。看来，考前放假的确能保障学生有充足的睡眠，实在是明智之举啊！方春萱心想。当她的目光扫射到凌云身上的时候，她感觉那孩子仿佛受了什么感应似的，微微抬起头，朝她看了一眼。方春萱便十分和蔼地向他点点头，目光中满含着鼓励。

看看时间已近八点半，考生们该进考场了。方春萱就立马组织全班在教室门口集队，然后带着孩子们来到考场警戒线外，从个子最矮的凌云开始，她一边轻轻地抚摸孩子们的头顶，一边以充满温情与鼓励的目光，微笑着对他们说："放心，肯定能考好！"这情景，俨然是藏传佛教中的得道高僧，在给信众们抚顶。而孩子们呢，此刻真像受过高僧抚顶似的，一个个信心满溢，迈着坚实而从容的步伐走向了考场，走向了他们人生中的第一个战场。其实，崇礼中学的这种做法是完全遵循心理学原理的，用王副校长的话说，那叫给学生以积极的心理暗示。

从大清早考生与送考老师们进校，到现在老师们把考生正式送进考场，所有这一切，全被学校请来的专职摄影师录入了镜头。相信不超过一小时，这些场景便会以图文并茂的形式，发布到崇礼中学的微信公众号上，然后被整个吴城市，乃至吴城市以外的自媒体转发。这大概就是王副校长精心策划的目的：以另一种形式宣传崇礼中学，让全社会都知道这所全市乃至全省的知名中学之育人风采！

当孩子们全都安安静静地坐进了考场时，方春萱、袁宏伟以及其他班主任们，方才离开考试区域，返回到属于他们的休息室。陆续进来的还有不是班主任的语文送考老师。

一进休息室，老师们惊奇地发现，王副校长居然已经站在门口迎接大家了。

"大家辛苦啦！"王副校长笑容可掬，双手拱拳，给大家作揖道。他今天跟大家一样，也穿着一件红色T恤，显得既喜气又年轻。

等大家坐定，王副校长便又让总务主任把他精心准备的糕点、水果送至每位老师跟前，供大家品尝。

方春萱他们正满心欢喜地享用着，不料王副校长又将每人两百块钱的红包亲自发放至老师的手中。这可让大家着实喜出望外了！

"谢谢王校关心！"

"王校，你想得真周到。"

"我们甜甜蜜蜜送考，孩子们信心满满应考。"

显然，大家的感激之言是发自肺腑的。因为在这样一个特定的时刻，关心与爱心本来就该是接力传递的。

王副校长因为也是中考的主考官，还得陪同市教育局下派到崇礼中学的专职巡考官巡视各考场，因此，小坐片刻之后，他便离开了。这时候，休息室内的老师们便完全进入了自由自在的状态。

袁宏伟依照王副校长的关照，今天要接待一位市教育局有关领导打招呼前来择校的初一新生家长，便第一个匆匆离开，回办公室去了。这位新生家长，据说是市教育局某领导的亲戚，孩子就读的虽然是本市的一所知名实验小学，但学业成绩实在欠佳，据说成绩报告单上全是"良好"。所以，说是择校，实际上是不折不扣的后门生。

其实，每年的招生季，崇礼中学都会接待一批又一批从市政府到区政府，再到市教育局等的后门生家长。一开始，学校几乎是照单全收，因为对于一所基层学校来说，这些后门生背后那强大的社会关系，实在是不能小觑的。为此，学校每年常常要预留一个教学班的学额。但后来，学校领导慢慢地发现，这些后门生家长的背景其实也分三六九等，他们有的是领导的亲属与朋友，有的却是拐了几个弯的亲戚，还有的是领导部下的孩子与亲属。于是，王副校长特意叮嘱袁宏伟，从今年开始，所有各级各类领导打招呼的后门生，无论是谁，不再唯招呼是从，而是一定要约见孩子的家长，并验审成绩报告单原件。如果是领导的孩子或主要亲属的孩子，便无条件收录；如果是领导朋友或下属的孩子，成绩达到中等水平的，也收录；如果是领导拐弯抹角的亲戚或朋友的孩子，原则上不予提前录取。

今天袁宏伟要接待的家长，据说是市教育局某副处长介绍过来的。

袁宏伟刚走到办公室门口，看见一对夫妻模样的中年男女站在走廊里。那男的大腹便便，身材魁伟高大，剃着板刷头，镶着满口大金牙，正不停地打着电话。女的梳着一头浅黄的长发，红扑扑的苹果脸，双眼珍珠葡萄似的脉脉含情；一袭枣底色碎花长裙，身材匀称娇好，挎着乳白色名牌小包，正目光专注地逡巡着眼前的校园风光。凭直觉，袁宏伟揣测他们或许就是自己所要约见的后门生家长。但他并没有理会他们，而是径直进了自己的办公室。他给自己泡了杯碧螺春，翘起二郎腿，舒舒服服地喝起来。

大约十分钟后，虚掩着的办公室门被敲响了，几乎就在同时，又被砰的一声给推开了。袁宏伟抬头一看，正是刚才门口走廊里的那对夫妻。

"哪一位是袁主任呀？"那位大金牙粗声粗气地问道。

袁宏伟眉头一皱，心想："这家伙大概仗着有点背景，言谈举止这么乖张呀！得给他点小颜色看看。"

"你是哪位呀？有什么事吗？今天这里是中考考场，闲杂人等是不能入内的！"袁宏伟表情严肃地回道。紧接着，他又拿起桌上的电话拨通了门卫，厉声责问道："是保安吗？谁让你们放外人进校的？不知道今天中考吗？"

这么一通下马威之后，袁宏伟便装模作样地拿起案头的一叠材料，低头看了起来。

"哦，老师啊，是这样的，我们是教育局领导介绍过来的，我家孩子下学期想读你们崇礼中学，所以……"这次是女人的声音，语气明显谦卑低调了许多。

"有小升初需求的，可以去校门口凭成绩报告单登记，我们学校择优录取。"袁宏伟头也不抬，冷冷地回答道。

现场气氛瞬间凝固，那对夫妻颇为尴尬。

"你就是袁主任吧？"大概一分钟后，大金牙觍着脸径直走到袁宏伟跟前，"对不起啊！刚才因为生意上的事跟人有点儿不愉快，说话有点儿冲。请袁主任多多谅解，多多谅解！"大金牙一边不停地道歉，一边殷勤地递上了支黄金叶香烟。

"是呀是呀，我家老公脾气耿直，说话嗓门大，请袁主任多多包涵。"那女的十分配合地在一旁帮腔。

袁宏伟见状，觉得可以收场了，这才抬起头，接过对方的烟，往案头轻轻一放，挤出一丝笑容，指着一旁的沙发说："坐吧。"

那对夫妻连声道谢，恭恭敬敬地坐在沙发上。才坐定，那大金牙似乎想起了什么，又站起身，猫着腰走到袁宏伟跟前，将打火机点着，满脸堆笑道："袁主任，请抽烟。"

袁宏伟愣了愣，拿起桌上的那支黄金叶，凑了过去，点上。然后吸了一口，很熟练地吐出一串烟圈，对大金牙说："把你孩子的成绩报告单给我看看吧。"

大金牙示意妻子递上。袁宏伟接过报告单，从三年级第二学期起，

153

到六年级第一学期讫,逐一点数了语文、数学与英语三门主科的成绩"优良"数目。结果让他着实吃惊:六个学期共计三十六项成绩,那孩子居然只有八个"优秀",其他全为"良好"或"及格"!"这可是个不折不扣的差学生呀!这样的孩子不管进哪个班,三年后班级每科中考总分起码被他拉低五分!"他心里说道。

大金牙夫妻大概看出了袁宏伟的心思,相互对望了一眼,那女的连忙解释说:"袁主任哪,我家这孩子挺聪明的,只是由于我们两个生意都很忙,没时间管教他,所以目前的成绩是稍微差了点儿。等他上了初中,只要我们严加管教,凭这孩子的智商,成绩一定会上去的。"

袁宏伟面无表情地朝她望了一眼,淡淡地说:"现在的孩子都不笨,主要是学习习惯要好才行。"

"袁主任,徐处长是我多年的老朋友了。他跟我说你们崇礼中学绝对是市区最好的初中,所以我们决定让孩子过来就读。"那大金牙再次递上一支烟,又摆起谱来了。

袁宏伟内心暗自发笑。这年头,最会摆谱的就是这些小老板了。钱并不多,却自以为很有钱。见识浅陋,却自认为关系通天,啥事都能办成。本来还以为他是某局级领导的来头呢,原来只是保卫处徐副处长的所谓的朋友关系哪!再说成绩又差得如此离谱。这样的孩子收进来,老师们如果知晓了,怕是宰了自己的心思都会有!

"这样,你们先填个登记表吧。"袁宏伟说,"回头我给王校汇报下,是否收下，让校领导决定吧。"随即就拿出一张登记表推到大金牙面前。

等那对夫妻填好登记表，袁宏伟便客客气气地将他们送至办公室门口，因怕他们自我感觉过于良好，误以为学校一定会收下其孩子，又补充了句："你们还可以到别的学校去看看，我们崇礼中学恐怕很难收下你家孩子。"说完，便赶紧返回办公室，生怕对方再来纠缠自己。

十八

方春萱是继袁宏伟之后离开休息室的。因为她答应王副校长的撰写任务还没完成，必须赶在这三天中考期间拿出初稿来。

回到办公室，方春萱给自己沏了杯茶，一边闻着茶香，一边在电脑屏幕上奋笔疾书起来。一个多小时后，方春萱便脱稿了。她稍作修改后，便把文档发给了王副校长。

再说王副校长。他陪同巡考官视察一圈考场后，便径直返回自己的办公室，打开电脑，登录QQ，收到了方春萱的文档。因怕阅读吃力，他便放大字体打印出来阅读。

崇礼中学书院式教学实施方略，一看这标题王副校长就知道，方春萱明显把该方案的重心落在"实施"这个点上，讲究的是可操作性。第一板块是"实施背景"，方春萱从"学校现状"与"实施依据"两个方面做展开。谈现状，既谈学校优势，又揭示学校所面临的发展瓶颈，从而引出了实施书院式教学的必要性；讲依据，先阐述书院式教学的基本理念与其在中国教育史上的价值，后指出其核心内涵是"分层分类与个别化教学"，并着重论述了其与现代教育教学理念的契合点。

如此要言不烦、有条不紊！如果不是了解方春萱的从教履历，王副校长简直怀疑她是一位资深的老科研。更让王副校长心中啧啧称赞的是本方略的核心部分：

书院式教学应遵循因材施教、循循善诱、学而生疑、学用并重等四大原则。

1. 因材施教

这主要体现在实施书院式教学的组织形式上。根据学生的学习能力将班级学生区分为若干层次，使教学目标、教学内容以及教学方法更符合所有学生的知识水平和接受能力，从而确保教学活动与各层次学生相适应，使学生的认知水平不断向前推进。

2. 循循善诱

这主要体现在书院式教学的态度与方法上。教师充分尊重学生的个体思考与学习发现，善于倾听学生的意见与见解，鼓励学生大胆质疑；教师充分尊重学生的学习个性差异，以极大的耐心与信心期待学生的进步与成长。

3. 学而生疑

书院式教学鼓励与培养学生在阅读文本或解决问题的过程中，发现新的问题，能提出有价值的问题。在预习时要求学生发现问题，既可以检验学生对于文本的认知程度，又可以引起学生对于文本的重视，加深学生对于文本本身的研究深度。在课堂学习时给学生充分探讨的空间，让学生之间有充分的对话，通过自学、交流、探讨、争论，找到问题的答案和解决方案，进而通过思考生成新的问题。在复习时要求学生提出问题，可以充分调动学生的知识积累，通过对照自己的知识储备，发现所学知识与自己原有知识体系中已有知识相异的新知识，从而开启学生发现新知识的大门。

4. 学用并重

书院式教学着力倡导学生学用并重，将所学知识转化为再学习的能力。注重培育学生将所学知识应用到新的情境、解决新的问题，从而养成对新情境的感知和处理能力、旧知识与新情境的链接能力、对新问题的认知和解决能力等。同时，着力培养学生学以致用的能力，将所学知识运用到现实生活中。

原则即规范，体现了实施书院式教学所必须遵循的总要求。前两点所指向的是教师的"教"，后两点则指向学生的"学"。教与学并重，既彰显了书院式教学的精髓，又体现了现代教育教学的价值取向。

王副校长继续往下阅读，因为他急于想知道方春萱是如何设计操作流程的，因为此事攸关学校实施这项教学改革之成败。当他看到下面的文字时，眼前又是一亮：

书院式教学的主要步骤包括自学生疑、合作研习、师生对话、迁移达用、效果检测、巩固辅导等。其中自学生疑为发现与提出问题环节，合作研习、师生对话、迁移达用为问题解决与创新能力培养环节，效果检测、巩固辅导为评价与反馈环节。

1. 自学生疑

此为课堂教学第一步骤。教师安排学生先自行学习即将新授的学科内容，并在充分预估学情的基础上，引导学生对所自学的内容提出质疑。而学生的质疑往往是比较芜杂的，教师应予以筛选并整理，以供下一环节合作研习之用。

2. 合作研习

此为课堂教学第二步骤。针对所筛选整理的学生质疑，教师组织学生进行分组合作研讨、习得。这种分组应该是灵活多样的，可以是事先设定的组别，也可以是临时指定的，以便捷为原则。而合作研习的内容应该是分工合作，即在有限的时段内，每一小组研习一到两个问题，然后小组形成共识，予以汇总，以备下一环节师生对话之用。

3. 师生对话

此为课堂教学第三步骤。针对学生所提出的疑问以及生生合作所研习的答案，教师与学生展开对话。这种对话不仅是简单的教师释疑与解答，而且应该包括教师释疑、学生追问、师生辩论等内容。

4. 迁移达用

此为课堂教学第四步骤。教师通过对学生的学习进行正确的引导、鼓励、启发学生在学习过程中合理联想，利用已学的知识联系推论未学知识。在教学过程中，教师可采用"以类比促迁移，抓训练攻难点"的教学策略，引导学生由此及彼，以旧学新，突破难点，掌握新知识，达到知识和方法的迁移。

5. 效果检测

此为课堂教学第五步骤。对于学生学习情况的检测，可以是作业反馈，也可以是考试测评；可以当堂进行，也可以课后进行；可以是即时性的，也可以是阶段性的。在具体操作时应视实际情况而定。

6. 巩固辅导

此为课堂教学第六步骤。教师通过效果检测，了解了学生的学习状态与结果，从而及时采取措施进行查缺补漏；而学生也可以以此为契机纠正学习中的知识盲点与疏漏，使自己能够更好地掌握所学内容。

读毕，王副校长不禁感慨：方春萱的这些步骤设计，那些大学教授们是决计想不出的；只有身处教学一线，并对其教学行为与效果做不断反思的人，才会拿出如此切实可行的方案。看来，将要增设的教科室主任一职，非她莫属了。可是，这教学处也必须改组呀，毕竟，教学管理是一刻也不能放松的。他心里又开始犹豫起来。

于是，王副校长站起身，给自己续上一杯茶水，然后捧着茶杯，踱到窗前。行政楼下的小花园里，送考的班主任与语文老师们正在摆造型，拍着各种姿势与角度的照片，袁宏伟与方春萱也在其中。袁宏伟站在一旁，不知又在跟谁通着电话，一边喋喋不休地说着话，一边认识不停地做着各种手势。这家伙就是结交广，什么样的朋友他都认识！王副校长心想。再看看方春萱，她正在十分起劲地给同伴们出点子呢。只见她将事先打印好的各种不同底色的标牌纸塞到大家手中，然后指挥大家错落有致地或坐或蹲，最后又跟一旁专业摄影师嘀咕了一阵。王副校长感兴趣的是老师们手上的那些标语。一副是：三年磨剑今出鞘，驰骋考场逞英豪。另一副为：听说读写全武行，学以致用真语文。正所谓言为心声，一看便知，前者是袁宏伟的杰作，后者乃方春萱之创意。看来，本届学生的毕业典礼与纪念册一定会精彩纷呈了！面对此情此景，王副校长的心头甜滋滋的。

看着袁宏伟与方春萱，王副校长忽然想起了另一件事。关于吴城市"名教师"的评审工作的文件，昨天已经到他手头了，今年各校符合条件的只能申报一人，可崇礼中学就有方春萱、袁宏伟、张峰三位要申报。当然张峰早已不在他考虑范围之内了，可方春萱与袁宏伟两人中只能选其一，实在让他有点为儿难哪！在他心目中，这两位应该是未来的左膀右臂，一个抓教学，一个抓德育，这两头抓好，全校的教育教学工作就可以让他高枕无忧了。再说方春萱虽然属于那种相对淡泊名利之人，可他明显觉得她对这件事还是颇为上心的；至于袁宏伟，那更志在必得了。平心而论，他真心希望他们两人都能被评上。可规定就是规定，他是无法突破的。

想到突破规定，他突然想起了一件自己的往事。五年前，他意欲申报中学高级教师职称，万事俱备，只缺少一个必要条件：市级综合荣誉称号。为此，他提前一年私下跟时任崇礼中学校长沈校长反映。沈校长听罢，沉吟片刻，说："可是今年我校没有这方面的名额呀！但是，我会帮你想想办法的。"听了沈校长这样的表态，他内心很是踏实、感动，便松松爽爽地离开了。当年的学期结束时，他居然被评为了吴城市"优秀教育工作者"。这自然让他喜不自胜！事后，办公室的刘艺主任告诉他，这可是沈校长特意为他向教育局有关领导申请预支的名额呢！

那么，现在我是否可以向教育局预支名额呢？王副校长心想。这时，他突然想到了他的老同学、现任市教育局组织处孙处长。就在上周他去市局开会的时候，有小道消息说自己的这位老同学下学年将被提拔为副局长了。虽说是小道消息，但他相信这应该是真的。一来是因为孙处长上面有人，靠山过硬；二来是因为组织处长被提拔为副局长，也是吴城市教育局多年来的惯例。抱着试试看的心态，王副校长拨通了孙处长的电话：

"哟，王大校长哪！有何吩咐呀？"电话那头传来了热情爽朗的声音。

"怎么啦，老同学，"王副校长也不生分，"没事就不能给你打电话呀？"

"哪里的话，"孙处长半开玩笑道，"你这地方诸侯，我巴结还来不及呢！怎么可以得罪呀？"

王副校长见对方跟自己说话依然那么亲热，便试探道："老同学，最近对于你的好消息可是满天飞哪！我是不是应该提前祝贺你呀？"

"嗨，一切还都只是传说嘛，祝贺什么呀。"

听这口气，看来是确凿无疑啦！王副校长心想，如果这位老同学真能上位，对自己可不是个利好吗？看来，以后自己真的要跟他好好亲近点儿才是呢。不过，此话也只能点到为止。于是，王副校长立马转移了话题：

"老同学，什么时候我找个地方，你拨冗接见我下吧？我有个学校的小事想向你讨教呢。"王副校长本来想直奔主题跟孙处长说预支名额的事，可转念一想还是找个机会跟对方聚聚为好。

"唉，我的王大校长，临近期末，方方面面的事情一大堆。等你暑假了，我也有空了，咱们再聚聚。你有什么事，就在电话里说吧。"

听孙处长这么说，王副校长感觉自己的老同学的确是忙着呢。他心想，反正自己盛情邀请的意思已经传递给对方了，只要对方不拒绝，自己以后便有的是机会。于是，他便直奔主题，把意欲预支"名教师"名额的事说了一通。

听完王副校长的话，对方沉吟了片刻，说："我的王大校长，这预支一说呢是不存在的，因为这不是一般性分配到各校的荣誉哪。你的情况我知道了，到时你两个全报上来吧，看看能否特殊处理一下。"

见老同学如此仗义，王副校长内心大喜："老同学，我代表我们崇礼中学与两位老师万分感谢你呀！到时，你可一定要给我机会当面致谢啊！"

"嗨，王大校长，又见外了不是？"孙处长依然十分爽朗，"好了，不多说了，咱们以后畅叙。我手头还有点事要处理呢。"

放下电话，王副校长心情大为舒畅。他又给自己续了杯茶水，然后靠在沙发上，点燃一支烟，翘起二郎腿，舒舒服服地吞云吐雾起来。

大概过了两支烟的工夫，门外响起了敲门声。王副校长掐灭了烟头，站起身，打开门一看，原来是老董。

"哟，老董哪！"王副校长十分热情地招呼道，"快请进！"

老董一进门便被一股呛人的烟味熏得眼睛发涩，喉咙发痒，直皱眉头。但嘴上还是打趣道："王校怎么独自躲在办公室吞云吐雾呀？不会又在谋划什么重要的改革举措吧？"

"哪里呀，"王副校长边开窗通风，边答道，"是在为您的得意门生方春萱与小袁主任的事操心呢。"

"哦。"老董颇有点儿好奇，心想，王副校长同时为这两位操心，不会是在正式考虑提拔他们的事宜吧？但也不便点破，老董便随口应答道，"看来他们是要交好运喽！"

王副校长示意老董在沙发上坐定，又亲自给他泡了杯碧螺春，递到老董手中，自己便顺势在他对面坐下，说："是这样的，今年小方和小袁都要申报市'名教师'，而市局的新规是只允许我们学校上报一位。你看这二选一的事情，实在有些难办哪！"

听完这话，老董又"哦"了一声，便不再作声。

"老董哪，如果在这两位当中遴选一位，你看哪位比较合适呢？"此刻，王副校长突然灵光一闪，想要听听这位在他心目中德高望重的老前辈的意见，从而验证下自己是否值得去局里为他们争取名额。

老董微微抬起头，一时还真捉摸不透王副校长的心思。他呷了口茶，说道："王校哪，这两位今后就是你的左膀右臂了，我看他们都应该上！"

瞬间，仿佛是印证了自己的眼光无比正确似的，王副校长的脸上露出了灿烂的笑容："老董哪，看来咱们是英雄所见略同啊！"

老董也笑了。不过他心里却在想：眼前这位全面主持学校工作的王副校长，再也不是以前心目中的小王了。正所谓"屁股决定脑袋"，岗位真能锻炼人哪！

"对了，老董，你今天特意过来，是有什么事吗？"良久，王副校长转移了话题，很亲切地问道。

"也没啥大事。"老董淡淡地说，"你看我再过三年也就退休了。最近呢，感觉身体大不如从前，所以如果有可能的话，我想下学期学校是否可以帮我减轻些工作量？"说完，老董似乎又觉得不好意思，加了一句："当然，是在不为难你王校的前提下。"

"好的，我一定考虑！"不料王副校长很爽快，"我们都会老的！"

"那就先谢谢王校了！"老董站起身，"你也挺忙的，我就不多打扰了。"说着已经退到了门口。

王副校长也站起来，送他到门口，很关心地说："老董，你多多保重啊！"

老董的心头热热。不过一时他也不知该说什么感谢的话为好，便侧身朝王副校长拱拱手，然后转身离开了。

十九

方春萱要去参加今年的语文中考阅卷工作，而且还是吴城市教科院语文教研员钦点的！

消息是张峰口头告诉她的。"看来你们教研员对你钟爱有加呀！"当方春萱走出教学处的时候，张峰皮笑肉不笑地对她说了么一句。其实，张峰还有一句话没有说出口，那就是：有教研员做后盾，你今年的"名教师"评审应该大有希望了吧？

但方春萱似乎已经习惯了他那副阴阳怪气的腔调，也不以为意，只是报以淡淡的一笑。

本来，如此又苦又累的活儿是轮不到方春萱的，因为按照惯例，像崇礼中学这样规模的初中学校，每年只需要三四位老师前去阅卷即可，而今年初三语文备课组的平均年龄比较低，像方春萱这样三十五周岁以上的老师，完全可以乘机好好休息一周。但方春萱知道，这次教研员钦点她，极有可能是让她去把作文阅卷关的。虽然她内心是极想休整一下的，但总不能辜负了教研员的信任哪！

于是，中考一结束，方春萱便按时赶往语文阅卷地点。阅卷地点位于市中心的一所职业学校内，这是多年来的常规地点，几乎所有的初中老师都熟悉。果然不出她所料，教研员并没有把她编排进具体小组去阅卷，而是让她与其他几位资深的吴城市语文教学骨干一起，在后台抽样审查老师们的阅卷正确率。方春萱具体负责的是作文板块。吴城市的中考语文试卷卷面总分为150分，其中60分为作文分。这作文可是语文试卷中主观性最强、赋分最容易产生偏差的部分；况且，分值如此之大，一旦批阅失当，对考生的影响无疑是巨大的。为了最大限度地减少阅卷中的偏差，每次中考阅卷中，每篇作文都要按评分标准分别经过三位老师的批阅，且每位老师的赋分误差必须控制在5分以内；然后，再取其平均分作为该篇作文的最后得分。而方春萱现在的工作，就是对那些经过三位老师批阅且赋分误差超过5分的异常试卷进行重新批阅审核。把如此重要的工作交给她，可见教研员对她业务能力的肯定！

　　阅卷工作紧张有序，由五大间信息教室组成的阅卷现场几乎鸦雀无声。教研员不停地从一个教室走到另一个教室，巡视并解答着阅卷老师们各种各样的疑问。其中一部分疑问跟卷面本身无关，而是关于电脑阅卷软件方面的。那些去年也来阅卷的老师发现，今年的阅卷系统已经更换了，并且运用起来也不是那么顺手，时常会出现卡机的情况。对此，教研员也无能为力，只能请来相关信息老师予以解决。

　　正式阅卷前，尽管教研员对全体阅卷老师进行了现场培训，可异常试卷还是从方春萱面前的电脑屏幕上不停地跳出来。方春萱知道，这并不是老师们阅卷不认真，实在是因为考生作文的题材、内容、结构、手法、语言等呈现得五花八门，让老师们无法恰当、精准地把握。而且，由于吴城市每年中考的作文题对体裁不做任何限制，考生们便放开手脚大展才情，除了常规的记叙文、议论文、诗歌、童话、小小说之类的什么都有。更为奇葩的是，有极少数考生甚至用文言文写作呢！平心而论，放开手脚让考生们发挥，教科院的初衷无疑是好的，但这却大大增加了老师们阅卷的难度。一来是因为考生的作文良莠不齐；二来是因为老师们的见识有限，虽然他们都是专业出身。

比如，面对今年的作文考题"别样的风景"，就有许多考生是以诗歌的形式来表达的。现在，方春萱的面前就出现了这样一首诗：

别样的风景

站立在怡园的九曲桥上

你恍若一朵含苞待放的白莲

在晨风的轻漾中

婀娜

端坐于春日的小山坡头

你仿佛一株清纯可爱的小白杨

在脉脉丽晖的爱抚里

滋长

行走在四季的校园中

你更像一道流光溢彩的风景

　　在我游移不定的目光中

　　馨香

　　　　……

　　读到此处，方春萱已然感觉到这是一位文字功底不错的考生。诗歌有意象，具画面，也含蓄蕴藉。很明显，该考生深受古典诗词的熏陶。可方春萱一看三位老师的赋分，分别是36分、48分、56分，大相径庭哪！赋低分者认为该作文写成了爱情诗，作为一名中学生，价值取向有问题；赋高分者十分欣赏该考生的文学功底；至于赋中等分的，是一位谨慎的老师，自认为既没有埋没考生，也不至于让教研员怀疑自己的业务能力。可方春萱觉得，此作文根本不存在价值取向的问题，更何况透过字面，完全可以洞察到这是个平时喜爱古典诗词的考生，也讲究斟词酌句，说不定以后还是个可造之才呢！于是，她一锤定音，给它赋了54分的高分。

　　就这样，方春萱面对着这些千奇百怪的作文，逐篇地仔细阅读，反复推敲，然后赋分。因为方春萱明白，有时候，考生的一分之差往往会影响到孩子的升学与否，实在马虎不得啊！

　　阅卷工作已经进行了两天。老师们一边紧张地批阅，一边不时地翻阅着电脑桌面上的进度统计表，发现有三分之一的任务即将完成了，不禁长长地吁了一口气。于是，有的站起身来借故上卫生间，以活动下腿脚；有的去外面的走廊里续杯茶水，还对着窗外的大广场眺望会儿，松弛下紧张的眼神经；也有的找熟识的同伴轻声聊几句，话题不外乎正在批阅着的试卷以及各自学校的那些琐事。

等到第三天将近中午的时候，方春萱突然发现电脑卡位了！她生怕自己之前所处理的异常试卷的数据丢失，赶紧点开界面查阅，可怎么也点不开。情急之下，她侧身打听下同伴，也是如此。正诧异间，只听见外面原本寂静无声的走廊里一片喧哗之声，她便站起身来，好奇地走了出去。

原来，所有阅卷室里的电脑全都死机了，老师们纷纷离开座位，有的依然滞留在阅卷室聊天喝茶，细声抱怨耽搁时间；有的则来到外面相互打听消息，其结果当然是彼此茫然。于是乎，整个楼面所在的阅卷场地仿佛一口炸开了的大锅，散发出一片嗡嗡窃窃的喧嚣之声。这声音从阅卷室的窗户、敞开式的楼道迸溅四射，从高处抛洒跌落进校园，又反弹扩散。不一会儿，整栋大楼、整个校园便都弥漫着这股声浪了！

大约半个小时过后，教研员前来发话说，由于阅卷系统发生了点故障，上午的阅卷提前结束，请老师们前往楼下食堂等候就餐，并作适当休息；下午的阅卷开始时间也由原来的一点延迟到两点。

现场又是一片嘈杂之声，其间还不时地爆发出响亮的嘘声。不过，随即这股声浪便随着人流而被裹挟至楼下了。而方春萱与各阅卷小组组长一干十来人被教研员单独留了下来。

"各位老师，大家都是我们吴城市初中语文教学界的骨干。"教研员一边招手示意大家坐下，一边表情十分严肃而恳切地说，"今天的阅卷因为系统故障，出了点纰漏。现在系统正在修复之中，但愿前面两天半的数据没有丢失。"

方春萱从教研员的话语中已经明显感觉到情况之严重了！看来，前面的阅卷工作十有八九是白费功夫了。但她和教研员一样，还是希望有奇迹出现。其他老师听罢，也是面面相觑，然后便是沉默不语。

"在系统修复期间，我希望大家都做好各自组员的安抚工作，不要将这一消息外传。虽说责任不在我们，但毕竟这是十分严肃的中考阅卷，外传出去，有损我们的声誉。"教研员此时的表情，与其说是要求，不如说是恳求。

在座的都是教研员平时信得过的骨干，自然都是服从安排。至于如何安抚各自小组内的组员，说实话大家心里都没有底。一来呢，这些小组都是因阅卷而临时组建的，彼此也不是十分熟悉；二来呢，如果数据真的丢失了，让大家白白浪费两天半时间从头开始阅卷，实在是难以启齿呀。当然，大家心里十分清楚，教研员也是有苦难言；但作为全权负责的当事人，他必须把此事处理好。

"大家看可以吗？"末了，教研员仿佛想要得到什么保证似的，又问了这么一句。

大家自然都异口同声地表示赞同。

下午两点的时候，所有老师全都准时返回到阅卷现场。那些先行到达的，发现教研员一直在不停地打着电话。

两点十分左右，教研员突然对大家宣布："系统已经成功修复，但前两天半已阅试卷的数据信息全部丢失！所以，得辛苦大家从头开始阅卷。"

这一消息对所有阅卷老师无疑是晴天霹雳！尽管大家之前多少有点儿心理准备，可当事实真的摆在面前时，还是不愿意接受。试想，两天半时间，几乎近一半的阅卷量，就这么平白无故地泡汤了，岂不是天大的冤枉？于是，各种各样的抱怨声便一股脑儿迸发了：

"大热的天，凭什么如此折腾我们？"

"是呀，莫名其妙地白白延宕了我们的阅卷时间。把老师当什么啦？免费劳动力呀！"

"之前连续用了好几年的阅卷系统，从没有出过差池。为啥要更换呢？"

"这还用问吗，更换新的系统，可以促成软件开发商的生意，自己拿回扣呀！"

"哼，谁说教育系统是清水衙门呀，我看黑得很！"

眼看着抱怨声浪此起彼伏，大有汹涌席卷整个阅卷现场的气势，教研员很是着急，心想：看来，必须给老师们一个承诺才行了。于是，他拿起电话，给自己的顶头上司教科院院长打了过去。

不到两分钟，教研员挂断电话，扯大了嗓门招呼大家道："老师们，请大家少安毋躁！"

现场渐渐安静下来。

"刚才我已经把大家的意见向教科院领导做了汇报。"见大家情绪逐渐平复，他继续高声说道，"院长承诺，一定会跟软件供应商进行交涉，并赔偿大家的损失。"他顿了顿，又加了一句，"同时，我也一定会尽到自己的责任，维护大家的正当权益！"

教研员平时在老师们心目中的威望本来就比较高，况且，大家心里都清楚，像更换系统这样的事，也不是他能做主的。因此发生了这样的意外，实在不是他教研员的责任哪！现在，大家见他如此真诚地表了态，感觉他确实也在尽力为大家争取权益，这心里的无名火也就渐渐地熄灭了。

再说，此刻方春萱等几位骨干也在人群中尽力协助教研员安抚大家，这现场的气氛很快就平静下来。于是，教研员趁热打铁道："现在，请大家回到各自的岗位，抓紧时间阅卷吧！"

见老师们陆续回到电脑桌前又开始认真阅卷了，教研员才吁了一口气，如释重负地回到自己的座位上，他习惯性地想端起水杯喝口水，却见桌上空空的。正诧异间，方春萱已把续满茶水的杯子递到他跟前。

"谢谢啊！"教研员抬起头，感激地说。

"今天太辛苦你了。"方春萱十分真诚地说道，"好好休息会儿吧，有什么事，你就吩咐我们来做吧。"

教研员也没说什么，只是笑着朝她点点头。方春萱见他暂时没有吩咐，便转身回到自己的桌前，从头开始处理起各组传过来的异常试卷。

当天回家的路上，方春萱坐在地铁上，正轻松惬意地刷着她的手机，尤其是热切地关注着被她冷落了一整天的各类微信群与QQ群。骤然间，她的微信群里跳出了这样一则消息：

都说教育是一方净土，经历了今天这事，方知此言大谬。我市的中考语文网上阅卷系统已经成功运行三年了，作为一名连续三届奋斗在一线的教师，每年都有幸参加阅卷工作，自然希望今年的阅卷工作继续顺顺利利的。可事与愿违，大前天一进阅卷室，居然发现换了新系统，使用时不是间歇性卡位，就是被输入的数据紊乱，很显然这是一套研发与使用尚未成熟的系统。可就是这么一套蹩脚的系统，居然被人购买来运用到如此严肃的中考阅卷中来了！到了今天，不但系统罢工，而且前两天半的阅卷数据全部丢失，害得全体阅卷老师只能从头再来。试问：我们的教科院为何放着原本好好的系统不用，而要更换如此蹩脚的系统？其间可有猫腻？攸关每个孩子与家庭切身利益的中考，居然被某些人如此轻率地对待，这算不算渎职行为？

方春萱顿感十分惊讶。本来她还天真地认为此事已经翻篇了呢，谁知依然有人怨气未消，不依不饶！更要命的是，此事经自媒体这么一曝光，其扩散程度是根本无法控制的。再说这位老师笔墨如此犀利，矛头直指教科院有关领导，这让当事者情何以堪？几乎就在同时，家长群、朋友圈纷纷转发这则消息，外加许多好事者的点评、指责，整个自媒体沸沸扬扬起来。而相对平静的，却是像方春萱一样的业内人士，大家全都默不作声，静观事态发展！

但方春萱预感，有关部门与人士一定会很快处理此事的，因为如果任其扩散，其后果是十分严重的。果不其然，当她到家刚端起饭碗时，王副校长亲自给她打来电话，说是有一笔每人500元的阅卷劳务补偿费要马上转给她，要她务必今晚分发给崇礼中学的中考语文阅卷老师。最后王副校长还特意关照：

"方老师，同时麻烦你向我校参加本次语文阅卷的老师转达下我的以下几点要求：第一，对于有关本次语文阅卷的消息不传播、不讨论；第二，对各自熟悉的相关家长与社会人士的询问做好正面解释与引导工作；第三，任何场合都不说对吴城教育不利的话。"

方春萱放下电话，不敢耽搁，立即按照王副校长的要求将补偿费分发给了相关老师，并将王副校长的指示编了条微信，同时发送到他们的手机上。

方春萱相信，今晚各校领导一定会像王副校长那样，将教科院的这笔补偿费与相关要求，作为政治任务及时发放与传达给每位阅卷老师。

二十

临近期末,学校工作紧张而有序地展开着。初一和初二正在期末考试;市教育局统一组织的新教师招录工作业已结束,分配到崇礼中学的三位大学生也已到位。

午后,正值考试时段,整个校园静悄悄的。王副校长独自坐在办公桌前,仿佛一位待产的孕妇,表面平静,内心却难免有几分期待性的焦躁与不安。中考成绩眼看就要揭晓了,今年的各项指标能否继续保持吴城市区第一,其实他心里并没有底。尤其让他担心的是,人均总分是否还能大幅领先其他学校。这十多年来,崇礼中学的中考成绩从来都是领先于其他兄弟学校的,但细化到优秀率、合格率、人均总分等各项指标来评判,唯独人均总分这项一直只有五分之内的优势,有些年份甚至只以一二分的差距险胜第二名学校。为此,前任沈校长曾耿耿于怀,大会小会逢会必提,耳提面命地给老师们挖根源、析原因、找对策、抓落实。终于,从大前年开始,崇礼中学的中考人均总分逐年提高,到去年竟以超十分的优势遥遥领先于市区其他同类学校了!这对于沈校长来说,无疑是个突出的政绩。王副校长总觉得,前任沈校长之所以能从一所初中的校长职位上一下子破格提拔为吴城市的教育局副局长,实在跟他的这番政绩密不可分。现在学校由自己领导,如果今年的中考成绩不如去年,自己该如何向上级领导、向学校老师、向社会交代呀?

窗外的花园里,几株石榴花开得热情奔放,艳丽的花儿在渐渐热辣的初夏的阳光下光彩夺目。花蒂处,一枚枚青涩的果子已然成形,相信跟往年一样,一到秋天,一定又是硕果累累地挂满枝头。但愿今年的中考也像它们一样!王副校长心里默默祈祷着。

"王校!"

门外的招呼声打断了王副校长的思绪。抬头一看,袁宏伟正笑嘻嘻地站在门口,手中还捧着一大叠材料。还没等王副校长应声,袁宏伟已经进来,一屁股坐在他办公桌前了。

"今年小升初的招录工作,到昨天已经全部截止了。"袁宏伟把手中的那叠材料推到王副校长面前,"这是我今天打印出来的录取名单及相关信息,你审阅下吧?"

王副校长十分和蔼地点点头,顺手接过材料,浏览了一遍,然后抬头说:"小袁,辛苦你了!怎么样?名校与全'优'全'三好'的孩子多吗?"

"我比照了下去年的,今年名校的孩子略少,但非名校的全'优'全'三好'的孩子要多于往年。"袁宏伟解释道,"另外,还有一个班的名额按照你的要求预留着。"

"嗯,蛮好!"王副校长站起身,伸出右手想去拿自己的茶杯续水。

却见袁宏伟眼疾手快，立马抢过王副校长的那个精致的紫砂壶杯，动作十分麻利地替他续上了茶水。

顿了顿，估摸着王副校长没有其他事情要跟自己谈，袁宏伟便识趣地离开了。

王副校长逐一审阅着每位新生的毕业学校、各科成绩与操行等第。正如袁宏伟所说，虽然名校的孩子不是很多，但普通小学的全"优"全"三好"的孩子却不少。"看来今年的生源质量应该不会差！"王副校长这样安慰自己道。事实上，在依然以考试成绩作为唯一衡量标准的当下，所谓的学校教育质量的高下，其实主要取决于生源质量的优劣。学校管理再怎么优化，师资水平再怎么高，也不可能把智商偏低的学生培养成高智商者，自然也不可能大幅度地提高其学业成绩。从这个意义上说，所谓的好学校，其实是依靠一届又一届的高智商的优秀学生们造就的。王副校长自然深谙此道。

再说方春萱阅卷结束回到学校。除了毕业典礼的一些事宜，她感觉也无事可做，于是着手整理起自己参评"名教师"的材料。今年的评审条件如此苛刻，校内竞争又这般激烈，本来自信满满的她，也就没了底气。现在自己唯一能做的，就是好好准备材料，以期自己的参评材料足够过硬。

"终于想到做自己的事情啦？"什么时候，老董捧着茶杯凑到她桌前。

方春萱抬头冲师傅一笑："嗨，尽人事吧！"

老董显然感觉到了徒弟的不自信，便故意给她透露了点信息："据我所知，你应该没啥问题的。"

方春萱颇有几分惊讶地盯着师傅足足看了五秒钟，期待着从他口中流露出更为详细的信息。可老董只对她意味深长地笑了笑，再也不说第二句话。

方春萱觉得，师傅的消息应该是可信的，只是他不方便细说罢了。当然，自己也不好再多问，便继续埋头准备她的材料。

不一会儿，桌上的手机闪了下，方春萱点开一看，是李俊雅发来的微信："亲，内部消息，犬子已被军校录取。我总算无后顾之忧了！"文字的末尾是一个狂喜的表情。方春萱分明感受到了李俊雅内心的那份不能自已的喜悦之情。与李俊雅的亲密交往，让方春萱深深理解了作为一名军嫂的忍辱负重，她的寂寞、痛苦与无奈，是常人难以忍受的。现在，李俊雅总算盼到了这一天，这对她无疑是一种莫大的安慰与补偿，应该为她好好庆贺一番！于是，她回复道："今晚我请客，为你庆贺！"

没过十分钟，方春萱的手机铃声响起，一看号码是本地的座机，便怀疑应该是哪个销售员的骚扰电话，挂掉了。可不到半分钟，铃声再次响起，一看是钱书豪的手机号。

"小钱，刚才是你拨的座机号吗？"方春萱似乎意识到了什么，赶忙询问道，想表达自己的歉意。

"反正不是骚扰你的电话。"钱书豪幽默地打趣道，但立马言归正传，"方老师，'名教师'的辩论赛将于7月16日进行，地点就在你们崇礼中学，你可占了主场优势哦。"

"论题有范围吗？"方春萱反应极快，提问直击要害。

"没有。不过评委除了外聘专家,还有沈副局长、组织处孙处长与我。"

"知道了,小钱。真的应该好好谢谢你!"方春萱赶紧道谢。

放下电话,联想到师傅老董刚才的暗示,方春萱似乎对自己的参评更有信心了:王副校长看好自己,能把自己推送出去,这是天时;辩论赛在崇礼中学举行,自己作为主场选手,这是地利;评委中有沈副局长与小钱,说不定到时还有作为东道主的王副校长,这是人和。这三样优势都占全了,真是幸运之神在眷顾自己呀!

两天后,中考成绩终于揭晓了。崇礼中学以人均总分超过第二名12.56分的骄人成绩,继续领跑吴城市区。看到成绩的那一刻,王副校长心花怒放。他激动得离开座位,在办公室来回踱步,一时不知道该如何表达自己那份喜悦之情。然后,他又坐到沙发上,点上一支烟,翘起二郎腿,一边抖动着,一边吞云吐雾。

等一支烟抽完,王副校长激动的心情才稍微得以平复,而后他才站起身,回到办公桌前,拨通了袁宏伟的电话,要求袁宏伟代表学校起草一份喜报,并通过各种媒体向外发布。同时,他还吩咐袁宏伟当天下午召集所有初三老师开会,说是他要代表学校表彰所有初三老师的辉煌业绩,并表达感谢之情。

也许是中考辉煌成绩的效应吧,尽管崇礼中学的小升初招生工作已经宣告结束,可近来还是有人不断地通过各种关系,打电话到王副校长那儿,要求开后门来读书。王副校长实在招架不住,便学着前任沈校长的样子,在吴城市教育局所统一规定的小升初招生截止日期——7月1日之前两天,关闭手机，躲进了与崇礼中学仅一条马路之隔的松鹤园内，只留下一个私密号码给局领导与校内的几个主要领导。

这是吴城市的一家名园，隶属于市园林管理局，其管理处主任是王副校长的老同学。那位老同学知道王副校长是来"避难"的，便在办公区域内专门给他辟了个单间，室内办公家具、电视网络一应俱全，还专门给他配备了一名员工为其端茶送水。王副校长携带了台手提电脑，他想利用这两天时间，好好地把今年的中考成绩、小升初录取新生情况，还有下学年即将正式实施的书院式教学策略，以及人事安排等，做一番仔细分析、研究与部署，同时，也为期末的学校工作总结做个准备。

专注工作的时光总是过得很快，一晃大半天已经过去了。下午三点多的时候，王副校长感觉有点儿疲倦，便步出屋子，在办公区域内的那个小花园里随意走走看看。这松鹤园为清朝中期的园林建筑，本是一位江南巡抚的私家园林；而王副校长所在的位置，则是当年主人的书房所在地。正值初夏，日头有点儿热辣，而整个小花园却古木参天，花树璀璨，林荫浓密，禽鸟啁啾，甚是清凉。置身于这样的环境中，王副校长顿觉眼清目明，神清气爽。走过宽阔池沼上的九曲桥，绕过一座假山，王副校长于一方八角凉亭的石几前坐定，目不转睛地注视着眼前水面上亭亭而举的荷叶，将脑中的思绪彻底放空。

此刻，裤兜里的手机振动起来。他掏出手机一看，是老同学孙处长的电话："王大校长，躲在哪儿呀？"

"嗨，就在学校附近。"王副校长以十分亲切柔和的声音说道，"老同学，久违了！有何吩咐？请指示！"

"真是人怕出名猪怕肥哪！今年中考，崇礼又是名声大振啊！"孙处长继续打趣道，"不过，请王大校长放心，我可没有后门生要麻烦你。"

"哪里哪里，我欢迎你老同学麻烦还来不及呢！"王副校长估摸着孙处长无事绝对不会找自己的，但对方不说，他也只好继续陪着闲扯。

"今天我是向你报喜来的。"孙处长终于进入了正题，"今年各直属学校领导班子的调整工作要提前进行，下周局领导与我们组织处将到你们崇礼中学宣布你的任命事项，请你早做准备！"

"好的好的，万分感谢！"虽然这消息早就是意料之中的事，但王副校长内心还是十分激动的，"老同学，一向蒙你如此照料厚爱，真不知何以为报呀！"

"我们之间谁跟谁呀！"听着孙处长如此亲切的话语，王副校长倍感温暖。

过完周末，终于又迎来了新的一周。

周一一大早，王副校长早早来到学校，将校园的角角落落转了个遍。整个校园，洁净得几乎一尘不染。看来，自己上周末给德育处与小袁主任下达的全校大扫除的指令被不折不扣地执行了；而且，小袁主任一定是反复督促过各班了，否则不可能整洁到如此程度。这让他十分满意。再到行政楼前的小花园察看，花木带露，曲径蜿蜒，池水波光粼粼，一派生机盎然的景象。

王副校长返回到学校大门口，电子大屏幕上，一行红底粉金的正楷体大字反复滚动着:"热烈欢迎吴城市教育局领导莅临指导工作!"大屏幕闪烁的光影里,老师们正陆续踏进校门。他们有的结伴而行,轻声交谈着;有的左顾右盼,仿佛在寻觅着什么;有的则面含微笑,矜持地直视前方。对于大门口电子屏幕上的内容,则全都报以貌似漫不经心的一瞥。因为对于迎来送往的那档子事,老师们早已习以为常了,反正大多数情况下,跟自己也没啥关系。

而王副校长这一年来对早晨站在校门口迎接老师们到校,却有着别样的心得。因为他可以从老师们一清早的言谈举止中去揣摩与发现其个性特征,乃至生活状况,以便为自己了解老师、走近老师提供有益的参考。另外,作为一校之长,他希望自己每天一大早站立于校门口,迎接老师们到校开始新一天的工作,可以给大家一种榜样的力量与温馨的感觉。

其实,老师们对于王副校长的这一行为,一开始是误解并抵触的:这明摆着是在检查、督促大家的上班纪律嘛!但后来发现自己即便偶尔迟到,校方并没有计较;而且,王副校长一学年的大多数时间里,总是在校门口那么笑嘻嘻地迎接大家到校,便感觉心头热热的。

当天,市教育局沈副局长带领组织处孙处长到校正式宣布了王副校长为崇礼中学校长的任命决定。

暑期,方春萱顺利通过了"名教师"答辩,并于当年教师节前,被吴城市教育局正式授予"名教师"称号。意外的是袁宏伟却落榜了,据说是答辩时阐述的教育理念未获通过。

新学年开学前夕,王校长对崇礼中学的中层部门设置做了调整。设立教学与科研处，全面负责学校教学日常管理与教科研工作，方春萱任副主任，主持工作；老董为顾问。设立教学管理处，仅负责学生学籍管理与学业成绩统计等工作，张峰任主任。同时，提拔袁宏伟为校长助理，并担任德育处主任。

新学年伊始，崇礼中学全面实施书院式教学，开启了一场教育教学改革。

起笔于 2019 年 4 月 15 日，稿毕于 2019 年 11 月 8 日